# クラウド

CLOUD

樹林伸
Kibayashi Shin

幻冬舎

# クラウド

カバーデザイン：松 昭教（bookwall）
写真：AFLO
Michael Blann / Getty Images

# プロローグ

子供の頃から透明なものが好きだった。

近所の魚屋の店先によく置かれていた、大きな氷の塊をいつまでもしゃがんで眺めていたり、フルーツみつ豆の中の四角い寒天を、スプーンの上に載せて食べずにずっと見ていたりもした。かといって、宝石やガラスのような硬質な輝きを持つものには、さほど惹かれない。もとは液体だったと想像させてくれる、海や川の水を固めたような柔らかい質感のものがよかった。

そんな奇妙な嗜好は大人になっても変わらずに残っていて、短大を出て樹脂製品の製造販売会社に就職したのも、企業訪問の際に目にした大きなアクリル・キューブの見事なまでの透明さに惹かれたからだった。

その最初の就職先で手に入れた、20センチ角のアクリル・キューブは、まだこのワンルーム・マンションに残されたままだ。今暮らしている広いマンションに引っ越す際に、運ぶこともできたのだけれど、迷った末に置いて出た。

そして今も、まだ残そうか捨てようか迷い続けている。

玉木(たまき)つぐみが静岡の田舎から上京し、この狭いワンルーム・マンションに住んだのは、5年以上も前のことだった。

最初の2年は短大生として平凡で退屈な日々を過ごしていたが、卒業して就職してからは本当に目まぐるしくいろんな出来事が起こった。

就職した最初の会社で先輩社員と不倫をし、それが発端になり出社拒否に陥ったどん底での忘れられない出会い。

そしてつぐみの大きな転機となった、ある事件――。

この部屋にはまだ、その時に『彼』がくれたものがたくさん残っている。『彼』と語り合うことがなくなって、もう3年も過ぎるというのに、今日まで捨てることができずにいた。

2度目の転職先で才能を認められ高収入を手にするようになった今のつぐみにとって、それらの高級時計や食器などはさほど不釣り合いとは言えないが、狭く殺風景な6畳のワンルームに並べておくにはやはり似つかわしくないものばかりだった。

『彼』の手がつぐみの髪を撫でたこともなかったし、彼の吐息を聞きながら温もりに包まれて眠ったこともない。それでも『彼』がつぐみに向けていた気持ちの激しさは、皮肉にも『彼』がつぐみのために犯した罪が証明したのだ。

今でも机の上のノートパソコンを開くと、つぐみが『彼』と交わした言葉のすべてが、そのままの生々しさで残されている。

それらを時折り読み返すたびに、『彼』にかつて抱いた様々な思いが、水を与えられた花のように生き生きと色彩をとりもどし、そのせいでつぐみは長い間この小さな部屋から立ち去れずにいたのだった。

『彼』がファーストネームをディスプレイの上で名乗った時のことを、つぐみは今でもよく憶えている。

淋しい人なのかな。

使っていたユーザー名と合わせて、そう感じた。

きっと本当の名前ではないのだろうと思ったし、だからこそ心が映し出されているような気がしたから。

『一人』と書いて、『カズト』と読むんです。

彼が送ってきたその1行もまた、つぐみのパソコンの中に残っているのだ。

3年前と少しも変わらず。

毎日欠かさずに届いた、永遠に枯れることのないデジタルの花束と共に——。

ふいにドアホンが鳴った。

引っ越し業者だろう。彼らの作業に立ち会うためだけに、しばらく留守にしていたこのワンルームに戻ってきたのだ。

つぐみは、今日でこの部屋を引き払うことに決めた。左手の薬指に嵌めた大きなダイヤモンドの指輪を、部屋の棚に並んだカズトからの贈り物と重ねて見る。

そして、小さくつぶやいた。

さよなら。

もう、この部屋にあるものはすべて処分するつもりだ。

服もアクセサリもバッグも食器も時計も、何もかも。カズトと繋がっていた、あのノートパソコンさえも。

そのつもりで、1カ月前にすべてを残して恋人の部屋に移り住んだのだから。

ドアホンに出ずに直接玄関に行き、3人でやってきた引っ越し業者を招き入れた。

「以前お願いした通りに、この部屋に残っているものはすべて処分してください」

3人の先に立って部屋の奥に向かいながら、そう言うと、年かさの男が苦笑いした。

「うちは一応引っ越し屋なんで、こんな注文は珍しいですがね」

「すみません。でも他にどこに頼めばいいかわからなかったんで」

「まあ、料金さえいただければかまいませんが……しかし、もったいないですねえ」

ほとんど使っていないブランド物もたくさんあったから、一番若いアルバイトらしき男などは、物欲しそうに棚にあるそれらを代わる代わる手に取っていたが、契約では中古市場などに出さずにすべてゴミとして処分することになっている。

過去と共にすべてを捨て去るには、カズトからの贈り物が、たとえ赤の他人であろうと誰かの元に残されていると思いたくなかった。

「あのー、これも廃棄しちゃうんですか」

若い男がローテーブルの上のノートパソコンに手を伸ばして訊いてきた。

「いえ、パソコンはいったん持ち帰りますから、そのままにしておいてください」

長年愛用したこのパソコンのハードディスクには、つぐみの個人情報がたくさん入っている。ろくにデータの完全消去処理もせずに他人に託すなど、何年か前ならともかく、今のつぐみの常識からすれば考えられない。

それにまだあの中には、カズトとのやりとりや、彼から送られた花の画像も残されている。それらをつぐみ自らの手で完全に消し去った時に、初めて過去を捨て去ることができる。そう思ってもいたのだった。

「なんか、電源入ってるみたいですけど」

たしかにノートパソコンからは冷却ファンの唸りが聞こえる。

「やだ、本当……」

週に何度か寝泊まりするうちになし崩し的に恋人の部屋に移り住んだので、最低限の着替えや身の回りの物は少しずつ運んであったが、それ以外は手つかずでノートパソコンの電源を切ったかどうかさえも定かではない。もしかすると、蓋を閉じてスリープ状態にしたつもりが、なんらかの理由でそうならずに、起動したままだった可能性もある。

だとすれば、１カ月もの間このパソコンは、セキュリティ・リスクにさらされていたのかもしれないと不安になった。慌ててしゃがみ込んで蓋を開けると、すぐに液晶モニターのバックライトが灯った。

映し出されたのは、海を思わせるブルーの波模様を背景に、ゆっくりと動き回る透明な立方体の映像だった。

短大を卒業したあと就職先で人間関係に悩み、この部屋に半ば引きこもってしまった頃に、どこかのフリー・アップロードサイトで拾ってきたスクリーンセーバーだ。就職先の樹脂化学企業でもらってきたサンプルのアクリル・キューブがお気に入りで、それに似たスクリーンセーバーを見つけて思わずインストールしたのである。

「これも廃棄でよろしいですね。なんか、綺麗ですけど」

若い男がまた、デスクの上に置かれたアクリル・キューブを両手で持ち上げて訊いてきた。

「それは……」

まだ迷っている。あれにはずいぶんと助けられた。あの吸い込まれるような透明さに――。

「お持ちになるなら、よけておきますが」

「どうしよう……」

迷いながら、いろんなことを思い出していた。

自分を苦しめた男のこと、救ってくれたカズトのこと。そして、人一人の命が失われることになった、『事件』――。

何もかもが、あの20センチ角の水を切り出したような立方体の中に、今も閉じ込められているような、そんな気がした。

# 1

テレビが海の話をしていた。ナレーターの顔は一度も出ていないから、話しているのはつぐみにとってテレビだった。

6畳のワンルームにしては大きすぎる32インチの液晶テレビは、ヤフオクで買ったよく知らないメーカーの中古品だ。短大に入学した頃からずっと同じワンルームに住んでいて、就職して落ち着いたら引っ越すつもりだったから、テレビを買い替えるなら少し大きめのものがいいと思って、がんばって競り落とした。

今では少し後悔している。引っ越しは当分できそうにないし、大きすぎるテレビは点(つ)けていると狭い部屋には存在感がありすぎて鬱陶しい。かといって消してしまうと、鈍色(にびいろ)の画面は廃屋の窓のようで、なまじ大きいだけに気が滅入るから、結局は点けていることが多かった。

この部屋にいる時間のほとんどは、パソコンのディスプレイを見つめているので、どのみちテレビ番組を集中して観ることはなかった。それでも、テレビの光は電灯やパソコンの液晶画面と違っていつもチラチラと動いていてくれるから、熱帯魚の水槽を置くような孤独を紛らわせる効果があるような気がした。

以前は音声を消して画面だけ点けていたが、代わりに鳴らす音楽も、それほど曲の入っていないｉＰｏｄが何周かすると飽きてきて耳障りになる。かといって、静かな部屋でパソコンのキーボードを叩く音だけが響いているというのは、夜が深くなってくるにつれて居たたまれない孤独感を覚えるのだ。だから最近は、ＣＭになった時にちょうどいいくらいの音量で、テレビの音声もなんとなく流すことにしていた。

「地球上の生き物は海で生まれたのです。様々な偶然が重なりあう中でそれらは進化を遂げて、やがて海から陸上へと……」

ふとテレビの声が大きくなった気がした。聞き流しているつもりでも、気になるフレーズは意味を持つ。意味を持った言葉は雑音から抜け出して、しっかりと聞き取れる音量になって耳の奥に届くのだと、ブログか何かに誰かが書いていた。本当かどうかつぐみにはわからなかったけれど、この時は確かにそう思えた。

キーボードを叩いて、また『つぶやき』を書き込む。

「地球上の生き物は海で生まれた。いろんな偶然が重なって、進化して海から陸上にあがり、やがて人間が誕生したんだって」

１４０字以内だと思うと、書き込むのが苦にならない。チャットで誰かと会話するように、ツイッターで独り言をつぶやく人が増えているのは、この手軽さゆえだと思う。

つぐみも短大時代からパソコンでブログにコメントを書き込んだり、友達とたまにチャットもしていたけれど、ツイッターは始めたばかりで、フォローを入れてくれている人はまだ12人だけだ。最初の１週間はよくわからない外国人から一つ入っただけだったが、好きな本や作家のことを書いていたら、３人がフォローしてくれた。好きな音楽のことを書いたらまた３人来て、それ以降も他の誰かをフォローしたり、身の回りのいろんなモノの感想を書いたりしているうちにぽつぽつと増えて、一昨日ようやく二桁になった。

でも自分のこの他愛ない独り言を、少なくとも12人のフォロワーが読んでくれていると思うと不思議な快感があって、一日の大半を狭いワンルームの中で過ごしていても、死にたくなるほど淋しくはならないで済んでいた。

もう3週間は会社に行っていない。入社したばかりで有給休暇はほとんど持ち合わせていないから、医者に鬱病の診断書を書いてもらって、それを理由に休職している。会社には悪いと思っているけれど、出社しようとしてスーツに着替えてマンションを出ると、ひどい吐き気と頭痛に襲われるのだから、どうしようもない。

最初は会社の近くまで行った時に、その症状が出た。有楽町の駅に降りたところで耐えられなくなり、しばらくスターバックスで休むと症状は治まった。

悪いものでも食べたのかと思ったけれど、休日になると平気で出掛けられ、また月曜が来ると有楽町で同じ症状が出た。目についた医院に飛び込んで症状を話すと、近くに腕のいいカウンセラーがいるからと、サイコセラピー、つまり心理カウンセリングの診療所を紹介された。いきなりカウンセリングを受けろと言われてショックだったし、なぜ頭痛や吐き気が心の問題なのかと抵抗もしてみたけれど、鬱病などの精神疾患に移行する可能性もあるのだからと脅され、しぶしぶ勧められた診療所に行くことにした。

紹介された診療所は有楽町の古い雑居ビルにあった。ドアホンを鳴らすと顔を出したのは、生成りのラフな麻のスーツにノーネクタイの、三十代くらいの男性だった。胸元にシルバーの細いネックレスを光らせる人懐こい笑顔のカウンセラーは、描いていたイメージと違っていささか軽薄そうで、初めて受けるカウンセリングへの不安は募るばかりだった。彼は30分かけて様々な質問をしたあとで、ややこしい心理テストをいくつかつぐみに受けさせて、その場ですぐに結論を出した。

つぐみを会社から遠ざけている身体症状は、やはり心が起こしているらしかった。

「人間も海で生まれたって説もあるらしいですよ。だから頭だけしか毛がない。頭から下は海の中だから」

見知らぬ誰かからツイッターに返信が入る。ツイッターの返信コメントは、一方的に書き込まれてすべての人に読まれるブログのコメント欄と違って、匿名の誰かが相手でも、まるで友達とのチャットのように気楽な会話が飛び交う。それが楽しい。

「そういえばイルカも毛がないですよね。でも、人間って猿から進化したんじゃないんですか?」

返信者に訊き返す。

コメントをくれた誰かの名前欄を見ると、『一人』とある。それが名前とは思えなかったので、今度はページの上部に大きく表示されている、英文字のユーザー名に目を凝らす。『LONESOMECLOUD』となっていた。英語は苦手なので意味がわからずに、ネット上の辞書で調べてみる。

孤独な、あるいは淋しがり屋の雲という意味らしい。きどったユーザー名だなと感じた。男性かな、と思うと警戒心が頭をもたげる。ツイッターでナンパというのは、出会い系なんかよりは安上がりなのかもしれないし、油断は禁物だ。

「君はどっちなの？　イルカから進化したの、それとも猿から？」

意表を突かれてつぐみはつい笑ってしまった。初めてメッセージを送る相手に向かって、猿はないでしょ、と少しカチンともした。何か言い返してやりたいと思ったけど、悪意がない冗談なのかもしれないし、まだツイッターは始めたばかりでこの世界のルールのようなものを知らない自分としては、大人しくしているのが無難な気もする。

少し考えて、キーボードを叩いた。

「実は先祖はイルカです。ちなみに、NHKの海洋ドキュメント視聴なう」

最後に『なう』と付けて今の自分を表現する書き方は、誰かがやりだしたツイッターならではのルールらしい。正直、つぐみはまだあまり馴染めないでいたけれど、郷に入れば郷に従えと言うし、なるべく使うようにしていた。

「よかった。イルカは好きです」

返事はすぐに来た。どこの誰だかわからない相手が、手が届きそうな距離までふいに近づいてきたような気がして、なんだかむず痒くなる。胸に手を当てると、ほんの少しだけど心臓が高鳴っているように思えてすぐに『LONESOMECLOUD』をフォローした。これで書き込みがあれば、自分やフォローをしている誰かのコメントが並ぶタイムラインの上部に、『新しいツイートが1件あります』と表示されるのである。

誰かがいつも自分の言葉に耳を傾けてくれているような、独り言にふいに返事がくるような、メールや掲示板では味わったことのない感覚だった。つぐみはまだツイッターを始めて2週間だったが、こういう感覚が好きでたちまちのめり込んだ。

短大進学のために上京した時、プログラムの勉強をしたいからと言って親に買ってもらったノートパソコン。テキストとして買い込んだプログラムの専門書はすぐに本棚の飾りになってしまったけれど、パソコンは今や生活に欠かせないパートナーだ。日々の買い物から暇つぶしのネットサーフィン、そしてツイッターと、パソコンを開けない日はないほどだった。

特にツイッターは一度ログインすると短くとも3時間、長い時は朝方まで没頭することさえある。

そのせいで会社に行くのがますます面倒くさくなってしまったのは自覚していたけれど、どうしても止(や)められない。あれから週に一度診療を受けに通っている有楽町のカウンセラーも、依存症の傾向が出てきているのではないかと心配していた。

カウンセラーの話では、依存症というのは何か逃げたい事柄がある時に陥りやすい状態らしい。つぐみの場合はそれが会社であることは明らかだった。仕事は面白くはないけれど、逃げ出したいほど嫌なわけではない。辛(つら)いのは人間関係なのだ。男に遊ばれてしまったつぐみを、好奇の目で見ているに違いない同僚たちの視線だった。

## 2

樹脂材料の製造と加工を手がける会社に就職したのは、工場見学の時に目にしたアクリル・キューブがあまりに綺麗だったからだ。従業員の説明では普通のガラスよりも透明度が高いらしく、ショールームに同じ形のガラスと並べて飾られていた30センチ角のキューブは、澄んだ水を四角く固めたようだった。反射が強く見るからに硬質で近寄りがたいガラスと違って、触ると柔らかいのではないかと思えるような独特の緩い光を放っていた。事実、手を触れるとガラスのように冷たくはなく、微妙な柔らかささえ感じる気がした。

アクリル・キューブをこっそりと触らせてくれたその時の男性社員に、つぐみは入社したばかりの右も左もわからない時期に飲みに誘われた。そして小洒落たワインバーに連れていかれ、ショールームのものよりひと回り小さいアクリル・キューブを入社祝いだと言ってプレゼントされた。つぐみがアクリル樹脂のサンプルに強い興味を持っていたのを憶えていたのである。正直、嬉しかった。アクリルの話を目を輝かせて聞かせてくれた彼は、すぐ隣にある広報部にいて結婚もしていたけれど、37歳という年齢にもかかわらず女性社員にはとても人気があった。作業服の従業員が多い樹脂化学メーカーの中で、広報の彼はいつもスーツ姿で少し特別に見えた。

3回目に飲みに行った時に、地下にある店から上がってくる階段の途中で抱き寄せられてキスをされ、そのまま近くのラブホテルに誘われた。ありきたりな展開で、彼に手を引かれて後ろを歩いてる最中に苦笑したけれど、つぐみも彼が好きになっていたから迷いはなかったし、それほど経験が豊富というわけでもないつぐみにとって、初めて付き合う大人の男は同年代の彼氏と違う安心感があった。

最初の時から彼は、行為が終わるとすぐに服を着て、帰り支度を始めた。少し淋しかったけれど、家庭がある人なのだからと割り切った。会うたびに手続き抜きですぐにセックスをしたがるのも、その分だけ自分を必要としてくれているのだと思えて、遊ばれているという感覚はなかった。

男性経験はこれまで二人。最初は高校2年の時で、次は短大に入学してすぐ。彼を受け入れたのは今のつぐみがフリーだったからで、不倫に対する罪の意識も多少あったし、このままずるずると婚期を逃すほど続いて最後は泥沼になるという気はしなかった。

何年か好きで付き合っていくうちにときめきは少しずつ色あせていき、やがて結婚相手として意識する男性が現れて不倫は清算。平凡な結婚をして子供を産み、育てていくのだろう。そんな人生はノーブランドのありふれたバッグのようだけれど、慣れてしまえば案外心地よいに違いない。

地方から出てきて東京の地味な短大に通っただけの自分には、そんな将来が身の丈に合っているのだと、つぐみは卑下するわけでもなく普通に思っていた。ところが実際には、そういう絵に描いたような平凡な幸福こそが意外と得難いものなのだと、まもなく思い知らされることになったのだ。

「あんた、言いふらされてるの気づいてないでしょ」

先輩OLたちに連れていかれたカフェダイニングで、酔った一人にそう言われた。つぐみが何のことかわからずにただ笑っていると、別の先輩が言った。

「彼、新人喰いが趣味だからね」

飲むペースが上がると他の先輩たちも、いかにつぐみが遊ばれているかを力説しだす。とうとう最初に口火を切った先輩が、つぐみと不倫の彼のセックスについて、いやらしい尾ひれがついて拡がっているその詳細にいたるまでを嬉々としてしゃべり始めた。

「写真もあるんだって？　部内の男どもが回し見してたって聞いたよ、広報の人から」

それがトドメだった。写真を撮られた覚えはない。でも一度、彼がシャワーを浴びている間にうとうとしてしまったことがあった。その時に携帯で撮られたとしたら……。

最悪の想像が脳裏を駆けめぐり、つぐみは耐えられず席を立った。

それがゴールデンウィーク明けの出来事だった。翌週の月曜日にはなんとか出社したものの、同じ課はもとより社内ですれ違う人すべてが、彼と自分の噂話をしているような気がして、やたらと課長にお茶を出したりトイレに行ったりして気を紛らせた。

そのうち自分も他人も忘れるはずだから、少しの我慢だ。そう自分に言い聞かせて平静を装っていたけれど、有楽町のおしゃれなカウンセラーいわく、心はすでに悲鳴をあげていたのだから、すぐに1週間くらい休んだほうがよかったらしい。

週末にはもう頭痛と吐き気が同時に現れて、出社しなくてはと頭ではわかっても、体が会社に近づけなくなってしまったのである。

書き込むとすぐに返事がある『淋しがり屋の雲』との会話は、ほんの少しだけ的を外してくるコメントに引きずられて、広すぎる水槽に入れられた魚みたいに、あっちにふらふらこっちにふらふら。でも、それが楽しくて気がつくと3時間が過ぎていた。

つぐみはキーボードを叩いて一言つぶやくと、『雲』からの返事を待ちながら、机の上のアクリル・キューブを透過してくる電灯の光を眺めていた。澄んだ水をくぐり抜けてくる陽光のように、それはアクリルの透明さに濾過されて、いっそう明るさを増しているように感じる。

裏切った、というより最初から遊びだった不倫の彼に、今でもつぐみがただ一つ感謝しているのは、工場見学の日にアクリル・キューブに触れさせてくれたことと、このサンプル用キューブをくれたことだ。あの時に感じた温もりを、今は自分の部屋に持ち帰って、何度でも味わうことができる。広報のサンプルとして飾られていたものよりは小さい20センチ角のキューブだけれど、その中にはこの嫌なことばかりの世界とは別の、純水のような清らかさが満ちている気がした。

アクリル・キューブへの思いを『雲』に向かってつぶやいていると、返事が来た。

「君の言ってるアクリルって、ポリメタクリル酸メチル樹脂のことですか？」

話が飛び、いきなり訊かれて戸惑った。

「理系の方ですか、もしかして」

咄嗟に訊き返して、返信がくるまでに調べようと思ってネットで検索をかけた。就職してまだ2カ月しか経たない、しかもそのうち半分近くはゴールデンウィークと出社拒否のつぐみは、自社の主製品であるアクリルのなんたるかもよくわかっていない。入社前の研修で習ったはずなのに、どうせ自分はただの事務員採用なのだからとろくにメモもとらなかった。

グーグルの検索窓に、ツイッターの書き込みが並ぶタイムラインからコピーした、ポリメタクリル酸メチル樹脂という言葉をペーストして検索ボタンをクリックした。すぐに検索結果が並び、一番上にあったウィキペディアを選んで飛ぶと、難しい解説が書かれたページが現れる。理解できそうなところだけ、ざっと目を通した。アクリルは総称としての呼び方で、厳密にはいろんな種類のものがあるらしい。丈夫で透明度が高いという特徴を持つアクリルはいくつかあるようで、ここにあるキューブがその中のどれなのかはわからなかった。

「いえ、別に理科系でも文科系でもないです。僕は僕でしかないので」

話がまた飛んだ。でも、これで知ったかぶりをして無知をさらけ出さずに済みそうだと、少しホッとした。

「わたしは、アクリルに限らず透明なものが好きなんです。子供の頃によく食べたフルーツみつ豆も、フルーツや豆は残して寒天ばかり拾って食べてました」

「フルーツみつ豆って、美味しいの？」

乗ってきてくれた。そういう話なら得意だ。

140字以内しか許されないツイッターの書き込みを3回分使って、微かに白く濁ったフルーツみつ豆のシロップの中に沈んでいる寒天のキューブが、どれだけ透明で見えにくいかという話から始まり、そんな寒天がまだシロップの底に残っているのを見つけた時の嬉しさ、シロップの中にいる時は目を凝らさないと見えないくらいに透明な寒天が、スプーンに載せられて外に出てくると半透明になってしまう悲しさにいたるまで、つぐみは一方的につぶやきまくった。

それで呆れて二度と近寄ってこなくなるなら、かまわないと思った。オフラインの世界では他人に合わせて生きてきたし、カウンセリングのおかげで社会復帰できたとしてもそれは変わらない気がする。だったら、オンラインでは思い切り我が儘を通してやりたいと、出社拒否に陥った時に心に誓った。だからおもねらない。どうせ顔も本当の名前も、どこで何している人なのかもわからない相手なのだから。

『雲』は、しばし黙っていた。呆れたのか恐れをなしたのか。ここまでかな、とため息を一つついた時に、つぶやきが入ったという知らせが届く。

インターネットやコンピュータに詳しくないつぐみにとっては、このブラウザで開けているツイッターのページに、クリックも再読み込みもしていないのに勝手にお知らせが表示される仕組みが不思議でならなかった。同様にグーグルのＧｍａｉｌも、開けているだけでメールが届いたことがわかる。それはつまり、つぐみのパソコンとネットの向こうにあるサーバだかコンピュータだかが、勝手にデータのやりとりをしているということなのだろうか。

こういうつぐみから見るとわけのわからないことを可能にしている技術について、どこかで記事を読んだように思う。だいぶ前のことで思い出せないが、なんだっただろう、と考えながら新しいツイートを知らせる表示の部分をクリックすると、タイムラインに書き込みが表示された。

「面白かったです。もっとそういう話を聞かせてほしい」

そのたった一言だけで浮かれたような気持ちになる。インターネットやゲームなどで手軽に得られる快感に依存して、現実から逃避し引きこもってしまう若者が増えていると、有楽町のおしゃれなカウンセラーが言っていた。つぐみにその傾向が出はじめていると思っての警告だったのかもしれない。

「ありがとうございます。じゃあ、もう少しだけ」

と前置きして、ではなぜ透明な球体ではなくて立方体が好きなのかを話しだす。

「丸いと光が滞る感じがするの。でも四角いとそのまま通り抜けるでしょう？　だから四角が好きなんだ」

キーボードを叩きながら、時々手を止めて目の前のアクリル・キューブの角から角までを指先で撫でる。摩擦が起きて指先が微かに熱を帯びるのを感じた。

生きてるみたいだ、と思った。アクリルを有機ガラスというそうだけれど、この「有機」は生き物の材料に使う言葉だったように記憶している。だったら生きていたって不思議ではない。

『雲』はまた黙っていた。

そして一通りつぐみがコメントを書き終えたタイミングで、ほんの数秒の間を空けて返事が来る。

「やっぱりすごく面白い。もっと聞かせてください」

嬉しかったけれど、敢えて拒否する。

「だめです。それならあなたも、何か話してください」

「何を話したらいい？」

「なんでも」

「どんなことを話せば、君は喜びますか？」

「そうですね。あなたがどんな人か。男か女かもわからない」

「いちおう、男のつもりです」

含みのある言い方だった。いわゆる『おなべ』なのかも、と思って問い返す。

「いちおう、じゃだめです」

「男です」

「よくできました」

偉そうすぎたかな、と思って発言削除をしようとしたが、間髪を入れずに返事が書き込まれる。

「ありがとう。他に質問は？」

「若いですか」

「若いです」

よかった。もうオジサンはこりごりだ。

「格好いいですか」

「さあ、わかりません。あなたの好みは、どういうタイプですか」

「そうですね。タレントでいえば……」

好きな男性タレントのブログはいくつかブックマークしてあるけれど、突出して誰がいいというのはなかった。

何人か名前を挙げてみせると、しばし間があって、返事が来た。

「なるほど。傾向はわかりました」

「どうですか、似てます？」

「似てるかもしれません」

「ほんとに？」

「ええ」

だんだん、特定の相手だけに向けたチャットのようになってくる。ツイッターの書き込みは、非公開設定にしないかぎりすべての会員たちに公開されていて、誰かに見られている可能性が高い。少なくともフォロワーと呼ばれるつぐみのツイートをチェックしている人たちには、そのままタイムライン上に配信される。ということは、これは全世界への公開チャットということになる。日本の片隅で行われている名もない二人の対話にじっと目を凝らす人が、そう大勢いるはずもないけれど、これ以上の突っ込んだ話は、ダイレクトメッセージ機能を使ったほうがいいような気がした。

「他に、知りたいことはありますか」

「いえ、やっぱりもういいです。あんまりわかってしまっても、つまらないでしょう？」

予防線のつもりだった。聞き出せば、こちらも話さなくてはならない。それは避けたいと思った。先輩社員に遊ばれて出社拒否になっているOLなんて言っても引かれるだけだし、そうでなくても得体の知れない相手に、自分のプロフィールを事細かに話すのは怖い。

返事を待っている間に、キッチンの脇の冷蔵庫から缶チューハイを持ってきて、プルトップを開けて飲み始める。会社に行けず部屋に半ば引きこもるようになってから、一人でお酒を飲むようになった。それまでは、友達や恋人と店に行った時しか、飲むことはなかった。夜中まで一人でパソコンに向かいツイッターに耽溺するのは、社会からドロップアウトしていく自分をなんとなく予感させるが、アルコールのもたらす緩みがその不安を和らげてくれるのである。

つぐみにとってもちょっと甘ったるい、女性向けのチューハイを缶から直接飲みながら、右手でマウスを動かして『雲』のフォロワーや過去の書き込みをチェックする。やはり彼もツイッターを始めたばかりなのか、フォローを入れている人たちはほんの数人だった。それらの相手とも、ほんの数回のやりとりのみであまり頻繁につぶやき合ってはいないようだ。つぐみもこれまで、こうしてチャットさながらに会話の弾んだ相手はいなかったが、彼も同じらしかった。

「何か言ってください、『雲』さん。一人にされると淋しいです」

待っていてもなかなか返事がないので、少し不安になって話しかけてみる。すぐに書き込みがあったという知らせが表示された。クリックすると、やはり彼からだった。

「『雲』さんって、僕のことですか」

また微妙に的を外してくる。一人で苦笑しながら、返事をした。

「だって『LONESOMECLOUD』の『CLOUD』って雲でしょう？　名前がわからないから、そう呼ばせてもらいました」

「名前なら、右上の名前欄にあります」

「一人って書いてあるだけですけど？」

「それが名前です」

「一人が？」

「『一人』と書いて、『カズト』と読むんです」

「ああ、なんだ。そうだったんですね」

『淋しがり屋の雲』の名前が『一人』というのは、少々できすぎだと思った。本名とは思えないけれど、ようするに淋しいのね、と解釈した。

「じゃあ、カズトさん。何か話してください。こんな時間に一人でいると淋しくて……あ、カズトさんの一人じゃないですよ。わたしが一人って意味です。ややこしいですね」

書き込みの最後に小文字のWを一つ打ち込んだ。（笑）の意味だ。ネットやメールでごく普通に使うある種の符号だが、これまでのところカズトの書き込みには、この手の符号や顔文字の類はいっさい見かけない。若いと本人は言っていたが、案外そうでもないのか、それとも何か別の理由があるのか。

いずれにせよ、この日のやりとりでカズトは、最後まで一度として顔文字などは使わずに対話を進めた。つぐみもそれにつられて、友達とのメールや普段のチャットでは当たり前に使う顔文字を抜きに返事を書いた。

二人のやりとりは、朝方まで続いた。

机から床に場所を移して寝ころびながらキーボードを叩いているうちに、いよいよ眠くなり、つぐみがそろそろ終わりたいと告げるとカズトは、おやすみの挨拶だと言ってツイッターと連動して画像をアップロードできるサイトのURLを送ってきた。

クリックして開くと、それは清々しい白い薔薇の花束の写真だった。

画像には、『つぐみさんへ。おやすみなさい』とメッセージが添えられていた。

名乗ったりしたかな、などという疑問はチューハイの酔いと、画像とはいえ初めて男性から薔薇の花束を贈られた嬉しさでどこかに飛んでしまって、この時は不思議ともなんとも思わずに、

「ありがとう。おやすみなさいカズトさん」

と、返事を書いた。

そして、カズトが送り返してきた、

「また話したいです」

という一言に小さくときめきながら、

「もちろんです」

とだけ返して、そのまま床で眠りに落ちてしまった。

## 3

昼近くまで眠りこけていたつぐみを起こしたのは、ドアホンの甲高い電子音だった。

久しぶりに8時間以上もぐっすりと寝たせいか、起き上がろうとすると頭がふらついてベッドから転げ落ちそうになる。それでもなんとか立って、壁づたいにドアホンを目指した。

遮光カーテンの隙間から差し込む陽光が、カーテンを開け放つのが怖いくらいに眩しい。部屋の温度も30度以上ありそうで、喉がからからに渇いていた。

でも、水を飲むより先にまずドアホンだ。会社の人事の誰かが訪ねてきたのかも、と咄嗟に思った。何度か電話はあって、一度訪ねて話を聞きたいと言われていたのだ。

診断書は送ってあったし、しばらくは会社の人間と会いたくないと伝えてあったのだが、不意打ちでやってきたのかもしれない。それとも、会社が親に連絡して……。

寝起きの頭でいろんなことを考えながら、ドアホンの通話ボタンを押して返事をした。

「あ、どうも。配達です」

若い男の声だった。

どうしよう。パジャマに着替えずにジーンズにTシャツのまま床で寝て、一度目が覚めた時にそのままベッドに這い上がったから、髪さえ整えれば出られるけれど、歯も磨いてない。

「待ってください、少し」

と応じて、キッチンの流しで軽くうがいをした。玄関の覗き穴から外を見ると、縦縞のシャツに帽子を被った二十代前半とおぼしき男が所在なげにうつむいている。いつも来る宅配業者とは違う顔だ。

少し不安になる。

でも……。

もともと本はネットで買っていたし、出社拒否になった直後に3日間雨が降り続いた時があって、外に出るのがおっくうになり野菜や果物、米などの食材もネットで買うようになった。そうなると宅配便は命綱みたいなもので、ちょっと怖くても出ないわけにはいかない。

「今、開けます」

ドア越しに言って、チェーンとロックを外してドアを開けた。狭いマンションの通路に、大きな縦長のダンボール箱が3つ、無理やり置かれていた。

「お荷物のお届けに伺いました。判子かサインをお願いします」

男が宅配の配送伝票を差し出した。

戸惑いながらもサインをすると、男は部屋の中を覗き込みながら、

「このままじゃ、入らないですね。ダンボール開けましょうか」

と、苦笑いをした。

「お願いします」

わけがわからないまま、宅配業者の男の申し出に従う。男はカッターナイフを腰に下げたポーチから取り出して、慣れた手つきでダンボールを貼り合わせているテープを切り、箱を開いてみせた。

箱の中身は、見たこともないくらいに大きな、真っ白い薔薇の花束だった。

呆然となるつぐみの目の前で、宅配業者は残り二つのダンボールも開いてみせる。どちらも同じ薔薇の花束。品のいい薄紫の包装紙と、虹色に光るセロファンにくるまれた白薔薇だ。

「じゃ、ダンボールは持っていきますね」

「あの……」

一礼して立ち去ろうとする業者を呼び止めて訊いた。

「誰からですか、これ。間違いじゃないんですか」

男は配送伝票を見て、

「いえ、確かに玉木つぐみさん宛てですよ。ええと、送り主は――」

男が言うより先に、花束に添えられたメッセージカードが目に入った。


『つぐみさんへ。一人より』


ツイッター越しに届いた白い大きな花束の画像。目の前に並んだ、部屋に置けないほどの白薔薇。その二つが、脳裏で交錯する。

美しい包装紙とセロファンで丁寧に包まれた現実の白い薔薇は、ビロードのような光沢を帯びていて、華やかではあってもどこか無機質に見えた液晶モニターの中のそれからは、想像もできなかった生々しい存在感に溢れていた。

夢の中の出来事のようにも思えていた『カズト』とのやりとりが、ふいに現実の腥さを帯びる。水で戻した海藻のように滑りだし、嵩を増やしていく。

狭いワンルームに花弁の艶かしい匂いが押し入ってくる。気圧されるように後ずさりすると、宅配業者はいぶかしげにつぐみを見て、

「よろしいですか」

と訊いてきた。

驚きと恐怖で言葉が出ずに、ただ頷いた。

業者は何かを察した様子で苦笑いして、狭い玄関に3つの花束を無理やり運び込んでから立ち去った。

ドアが閉まると、何をどうすればいいのかわからずに、ただ両手で顔を覆った。

昨夜のツイートのことを後悔した。ついてないとも思った。でも何より、どうしてこんなことになってしまったか不思議でならなかった。

4

カズトからマンションに部屋一杯の白薔薇を贈られたその日、つぐみはツイッターに書き込みをしなかった。

宅配便で届いたその花束はもちろん、ツイッターでのやりとりの最後に贈られた花束の画像にも、つぐみの名前が添えられていた。しかし、自分の書き込みを読み返してみたところ本名を書き込んだ形跡はまったくなかったし、ましてや住所など知られるはずもないのだ。

どうやって薔薇を届けたんだろうと考えると、花束の画像を贈ってもらった時に心を温めてくれたささやかな喜びなどは消え失せ、背筋が凍るような思いだけが残った。

深入りするのは止めよう。相手はどこの誰かもわからないのだ。下手にかまえば、次はこのマンションを訪ねてくるかもしれない。オートロックすら付いていないマンションだけに、そうなったらまったくの無防備だ。なんとか追い返せたとしても、ストーカーになってつきまとわれたら、出社拒否どころの話ではなく、この部屋から外に出られなくなってしまう。

大量の花束は、万が一贈り主に見られたらと思うとゴミとして捨てることも出来ず、とりあえずなんとかして部屋に飾ることにした。花瓶の代わりに空きビンやペットボトルまで動員し、部屋を埋めつくすほどの白薔薇を生活の邪魔にならないように配置しながら、つぐみはずっと考えていた。しばらくはパソコンを開けずにおこう。そしてできれば、明日から出社してみよう。オフィスに行って確かめたいこともある。また頭痛や吐き気がしたとしても、這ってでも会社に行こう。

そう決めたが、パソコンを開けないでいるとなると、一日がやたらと長く感じられた。目的もなく外に出掛けるのもかえって怖い気がしたし、かといって狭いワンルームでできることなど、たかが知れている。日が暮れる頃までは花を活けるついでに部屋の掃除をしたり、久々にちゃんと料理を作ってみたりして過ごしたが、一通りやることをやってしまうと、退屈でうずうずしてくる。

それでもしばらくは、机の上のアクリル・キューブにスタンドライトを当てて、じっと眺めて時間を潰した。いつものように透明な立方体の角から角までを繰り返し撫でていると、摩擦によるものなのかライトの熱なのか、生き物のような温もりが確かに指先から伝わってきて、起きぬけの出来事で冷えていた心が次第に癒されていく気がした。アクリルを透過してくる光も、森の木漏れ日のように穏やかだった。

ふと、小学生の頃実家の近くの川で、一人で泳いだ時のことを思い浮かべた。通っていた小学校のことなどよく憶えていないつぐみだったが、あの時の水の目を見張るような透明さは忘れられない。体を包み込むような木漏れ日が降り注ぎ、うつ伏せのまま川面に浮かんで流れに身を任せていると、呼吸を止めていても苦しさを感じなかった。

冷たい川の水が仄温(ほの)かく感じられてきて、水に浮いているというよりは空中を飛んでいるような感覚になり、いつまでもそうしていたくなったのを憶えている。当時、学校で起きていた、クラスの女子へのいじめなどのうんざりする出来事からくるストレスが、澄んだ水に溶け出ていく気がして、リフレッシュした自分は強くなって些細なことではへこたれなくなっているように思えた。

アクリル・キューブに触れ、そこを通り抜けてくる癒しの光を眺めているうちに少し気が大きくなり、近づくのも憚(はばか)る気がしていたノートパソコンを開けてみたくなる。開けてしまうと今度は電源を入れてみたくなり、結局、夜の10時過ぎには、つぐみはパソコンの前に座ってマウスをデスクの上で動かしていた。

気になるのはもちろん『LONESOMECLOUD』、カズトのことだ。怖いのは確かなのだが、同じくらい興味も覚えた。どこの誰で、自分の名前や住所をどうやって知ったのか。そしてなぜ自分に、あんなにたくさんの花をくれたりしたのか。どきどきしながらブラウザでツイッターにログインしてみると、意外やカズトからの書き込みはたった一度だけだった。

「花は届きましたか？」

その一言だけ。昨日知り合ったばかりの顔も知らないはずのつぐみに向かって、自分勝手な思いをつぶやいた挙げ句、返事がないと怒りだし罵詈雑言を書き込み始める、そんな最悪の展開もあり得ると思っていただけに、拍子抜けしてしまった。

やはり怖くはあったが、同時に興味も湧いてきた。いったいなぜ、なんのためにこれほどたくさんの花を贈ってきたのだろう。あれだけの花束は安くはなかったはずだ。喜ばせようと思って贈ってきたかどうかは正直わからないが、怖がらせようという意図もなかったのかもしれない。

どうしよう、返事を書こうか。放っておいたら怒らせてしまうかもしれないし、せめてありがとうの一言だけでもと迷い、キーボードに手を置き、何文字か打ち込みさえもしたが、思い止まった。白薔薇で埋めつくされているワンルームを見渡す。礼などを言えば、この強引な贈り物を肯定してしまうことになるではないか。

どういう手段かはわからないが、つぐみの本名と住所を彼は勝手に調べて花を贈ってきた。それ自体がルール違反なのだ。

迷った挙げ句に返事は書き込まないことにした。ただ、パソコンを閉じたりはせずに、他人のつぶやきを読んだりツイッターを始める前はよく見ていたブログをチェックしたりして、たまにテレビも観て本や漫画も読んでいるうちに、日付が変わっていた。

またどうしても気になって、ツイッターを開いた。するとつぐみのタイムラインに、一つだけ書き込みが付け加えられていた。カズトからだった。言葉はなく、URLだけが記されていて、思わずクリックする。

ブラウザは数秒真っ白になり、そして画面の真ん中に一輪の赤い薔薇の写真が現れた。ビロード状の光沢を帯びた花びらの上に数滴の水玉が光っている。花弁の奥にいくにしたがって赤は濃くなり、水滴を集めて艶かしく輝いて見えた。画像の下には、短いコメントが添えられていた。

「つぐみさんへ。薔薇、多すぎて迷惑でしたか。ごめんなさい」

思わず笑ってしまった。

「そこじゃないでしょ」

と独りごちて、ついキーボードに手が伸びる。

「薔薇、綺麗でした。ありがとう」

いったんそう空欄に入力して、数秒迷ってからツイートせずに消した。

「だめだめ、絶対だめ」

自分に言い聞かせるようにまた独り言。もやもやとした疼(うず)きをみぞおちの辺りに感じながら、迷いを振りはらうためにノートパソコンの蓋を勢いよく閉じた。

途端にひどく淋しくなった。いつもより小さい音で点いているテレビの青みがかった光が、大きなプールで一人泳ぐような寂寥(せきりょう)を際立たせる。自分以外は誰もいない、小さなワンルーム。どんどん近づいてきて、しまいには体を締めつけてきそうな白い壁を、柵のように居並ぶ白薔薇が押しとどめてくれている気がした。

気になっていることがたくさんあったにもかかわらず、なぜかその夜は普段感じたことのない強い眠気を覚えて、深夜1時前に床に入った。狭い部屋を埋めつくす薔薇の香りのせいだったのかもしれない。

ベッドの上で薄い布団をかぶり鼻から深く息を吸い込むと、得体の知れないネットの向こうの誰かに、この部屋の在り処を知られている不安は、薔薇の芳香の華やかさに紛れていく。肉感的で濃密な匂いが遠のいていく意識の底に滑り込み、深い眠りの淵へとつぐみを誘う。

床に就く直前に見た赤い薔薇が、また明日届いたらどうしよう。そんなことを眠りに落ちる寸前にふと思ったが、心配な思いは半分で、残りは期待なのかもしれない。

## 5

翌朝のつぐみは、早朝から起き出して出社の準備を整えた。有楽町のカウンセラーに電話をかけてアドバイスを乞おうとしたが、残念ながら留守電だった。やっぱり頼りにならないと失望したが、それでも一応、頑張って出社してみる旨を留守電に残しておく。

いざ玄関を出て行こうとすると頭痛が始まった。しかし引き下がるつもりはなかった。心の悲鳴を抑え込んで、足を引きずるようにして駅に向かった。

通勤電車の中ではまず目眩に襲われた。電車の揺れなのか目が回っているのかわからないような状態で、何度も途中下車しかけたがかろうじて勤務先のある新橋までたどり着いた。そうすると今度は吐き気である。頭痛や目眩はなんとか耐えられるが、吐き気はなかなかに手ごわい。しかし我慢せずに駅のトイレで思う存分戻すと、出るものがなくなった胃はようやく痙攣を止めてくれた。

最後の関門は会社の入り口だった。警備員と目が合った途端に、足が震えだした。糊でもついているかのように足がコンクリートに貼り付いて動かなくなり、全身から汗が噴き出した。もうだめ、ここまで……、と引き返そうと玄関に背を向けた時だった。

「玉木さん？」

聞き覚えのある声が、後ろからつぐみを呼び止めた。

振り返ると、薄いグレーのスーツに青いシャツ、ノーネクタイで開けた胸元にシルバーの細いネックレスをした背の高い男が白い歯を見せていた。

思い返すと会社に一番近いこのスターバックスに入ったのは2度目だった。最初は吐き気と頭痛に耐えきれずに逃げ込んだ時だ。その日以来、週に一度のペースで診療を受けている心理カウンセラーの沢木竜助と、今は一緒にいる。

有楽町、日比谷界隈のオフィスはたいていがこの時刻には始業していて、慌てて朝食を摂っているサラリーマンの姿も見かけなくなり、店内は比較的空いていた。

「助かりました、沢木先生」

つぐみの分のモカフラペチーノと自分のコーヒーを持って席に戻ってきた沢木に、立ち上がっ

て頭を下げる。沢木はつぐみに飲み物を差し出して、

「いいえ、間に合ってよかった。留守電を聞いてすぐに電話をかけたんだが、繋がらなかったんで、仕方なくあなたの会社の前で待っていたんです」

そう言われて携帯を見ると、2度ほど着信が入っていた。出社拒否になってからというもの、着信音を消してバイブレータコールだけにしているし、電車の中だったので気づかなかったらしい。

「携帯も教えておきましょう。他のカウンセリングをしている時には切って留守電にしていますから、遠慮なくかけてきてください」

と、沢木は名刺を差し出した。

「めったに渡さないんですよ。あんまり配ると、ひっきりなしに電話がかかってきますから」

優しげな沢木の笑顔に、つぐみもようやく肩の力が抜けた気がした。思えば、あれだけ通えずにいた会社に久しぶりに出社するということで、早くに起きて準備をしたりいつになくしっかり食事をしたりと、気合が入りすぎていたのかもしれない。自分で肩をつまんでみると、感覚がないくらいにカチカチに凝っていた。

「大丈夫ですか、玉木さん。吐き気や頭痛はもう」

「なんとか我慢できそうです。ありがとうございます」

つぐみはまた深々と頭を下げた。

「ところで、どうして急に無理して出社されたりなさったんですか」

沢木には、無理をして出社しようとしてだめだった場合、それがまたトラウマの上塗りになりかねないと言われていたのだ。

つぐみは、昨夜(ゆうべ)までの出来事を事細かに沢木に話して聞かせた。沢木の忠告を聞かずに相変わらずツイッターに深夜まではまる毎日を過ごしていたこと。カズトと名乗る男性らしき人物と、そのツイッター上で朝方まで盛り上がったこと。最後にカズトから白い薔薇の画像を贈られたこと。そして、マンションに届いた、部屋一杯の本物の白薔薇……。

時々相槌(あいづち)を打ちながら沢木は、つぐみの話に耳を傾けていた。カズトとのことをすべて話し終えると、沢木はおもむろに切り出した。

「なるほど。それで家に一人でいるくらいなら、出社したほうがましだと考えたわけですね」

「はい、それだけでもないですが……」

「他の理由というのは？」

「もしかしたら、会社の誰かかもしれないって思ったんです」

もちろん、カズトのことである。そう考えると、昨夜までの出来事もある程度説明がつくのだ。

つぐみはツイッター上で『ｉｃｈｉｒｉｎｚａｓｈｉ』というＩＤを取得し、プロフィール欄で『花』を名乗って、『会社にいきたくないＯＬです』と記していた。もしカズトが同僚の誰かだとしたら、ツイッターに登録したタイミングからも『花』がつぐみかもしれないと疑われる可能性はあった。

つぐみがつぶやいたアクリル・キューブの話も、裏付けになったかもしれない。そしてカズトは確信を得るために、最後に薔薇の画像を送りつけて、そこにさりげなく『つぐみさんへ』とメッセージを添えてみたのだ。

それを読んだ時につぐみは、自分の名前が添えられていることにさほど深く疑問を持たなかった。徹夜して眠かったこともあり、どこかでつい名前を書き込んでしまったのかと咄嗟に思って受け流してしまったけれど、仮に別の名前、たとえば『理香さんへ』とでも書かれていたら、さすがに疑問に思って「誰かと間違えてませんか」などと訊き返していただろう。

カズトは『花』の正体を確信して、社員名簿を調べたのか元々知っていたのか、つぐみの住所宛てに白薔薇を贈ったのではないか。

つぐみがそんな推測を沢木に話してみたところ、彼はわくわくしたような表情で身をのり出してきた。

「なるほど鋭い推理ですね、玉木さん。ちゃんと筋が通っている。その可能性は十分にあると思います」

この話に興味を持っているのは確かなようだったが、そこはカウンセラーだけあって、うまくつぐみを出社に向けて誘導しだす。

「しかし、そこまで推理なさったら、次は出社して確かめたくはなりませんか」

「それは……だから行こうとしたんですが、吐き気と頭痛で……」

沢木の意図は見え見えだったから、それとなく言い訳してみる。そんな簡単な話ではないのだ。子供の頃にバスで富士山に遠足に行った時以来の、強烈な吐き気だった。とても我慢できそうにない。

「大丈夫ですよ、玉木さん。私がついています。会社の玄関まで……いえ、許可してもらえるなら勧められている部署の入り口まで送っていってさしあげます。それなら、なんとかなりそうじゃないですか」

「そうですね……」

沢木の押しに、つい頷いてしまう。

「じゃあ、もう一度行ってみようかな」

「よし、じゃあ善は急げだ」

沢木は立ち上がると、まだ飲みかけのつぐみのモカフラペチーノと自分のコーヒーをトレーに載せて、さっさと片づけ始めた。つぐみは思わず苦笑したが、そんな沢木の強引さが嬉しくもあった。

6

沢木は言葉通りに、つぐみの働いている営業二課の入り口までついてきた。そのおかげなのか、つぐみも吐き気を催したりはせず、多少遅刻しながらも約1カ月ぶりの出社を果たした。事前に今日は出社するつもりだと連絡をしておいたにもかかわらず、課長はつぐみを見て驚いた様子で、笑顔を作って歩み寄ってきた。

「玉木君、もう体は大丈夫なのかね」

と、両手を拡げて大げさなジェスチャーで、祝福をしてみせる。本音はいっそこのまま辞めてほしかったのかもしれない。ともかくこの日のつぐみは、会う人からことごとく、新入社員として配属された時とは正反対の、腫れ物に触るような扱いを受けた。

同僚達は皆どこか気まずそうで、ことにつぐみの出社拒否のきっかけを作った先輩OLなどは、目を合わせようともしなかった。おそらく、つぐみの一件で上司あるいは人事に、油を絞られたに違いない。口さがない先輩OLも、そんなことで上に睨まれるのは避けたいのだろう。そう思うと、なんだかちょっといい気味だった。

と同時に、こうやってつぐみに対して妙に遠慮したりしている同僚の中には、カズトはいない気もしていた。話が微妙にずれたりいきなり大量の薔薇の花束を送りつけたりする、カズトのどこか浮世離れした感性は、ただでさえ平凡なこの会社には珍しい人物像だ。

天井の低いビルの、狭い事務室。窓はいつもブラインドが下りていて、蛍光灯が点いていても少し薄暗い。デスクはやたらとたくさん並べられていて部屋の狭さを際立たせているけれど、全員が席に着いたところをまだ一度も見たことがないから、案外これでいいのかもしれない。

こんな会社がどうしてあんなに美しく透明なアクリル・キューブを作れるのか不思議でならないと、久々に出社してデスクに座っているとつくづく感じる。もっとも作っているのはここで働いている人たちではなく、埼玉と千葉にある工場の従業員たちなのだ。

入社前の研修で見学に行った千葉の工場は、清潔で独特の薬品の匂いがした。出来上がってくるアクリル板を目視でチェックしている人の澄んだ眼差しは、アクリル・キューブの真摯な透明感と通じるものがあると思った。つまりは、作る人と売る人ではすべてが違うということなのかもしれない。自分は、作る側の人間にシンパシィを感じる。野菜も和菓子もパンもお酒も陶器も、そしてもちろんアクリル・キューブも。

つぐみは久しぶりに制服に袖を通し、その日与えられた業務を淡々とこなしていった。業務といっても、長く休職していたつぐみに責任ある仕事が回ってくるはずもなく、コピーを取りに行ったり来客にお茶を淹れたり、簡単な資料整理や他部署へのお遣いなど、課長や直属の班長、先輩社員らが何もさせないのはまずいと気をつかって、わざわざ与えてくれているような軽い仕事ばかりだった。

気まずかったが、カズトとは誰なのか、それを突き止めるという目的があるから、かろうじてその居心地の悪さにも耐えられた。それでも1時間過ぎるのがやたらに長く感じられ、デスクに置かれたパソコンでついツイッターに繋ぎたくなったりもした。

終業時間の5時まであと1時間となって、広報部から戻ってきた部長にお茶を淹れるために、廊下に出た時のことだった。緊張からまた気分が悪くなりかけていたので、一息つけるとホッとして給湯室でわざとゆっくり作業をしていると、背後から声をかけられた。

「つぐみか?」

はっきりと聞き覚えのある声に驚き、振り返ることもできないで立ちすくんでいると、声の主は無遠慮に近づいてきて、つぐみの肩を軽く叩いた。

「よかった、つぐみ。出社できたんだね」

つぐみとの逢瀬を吹聴していたらしい、広報部の長瀬保だった。

言葉が出ないつぐみの顔を覗き込むようにして、長瀬は一方的にまくしたてた。

「心配してたんだよ、つぐみ。何度も電話したしメールもしたけど、どうしても連絡がとれなかったから。ひどい噂をたてられて、ショックで出社できなくなっちゃったんだよね。あんなの嘘だからね。俺は君の写真を部員に見せたりしてないし、そもそも撮ってもいないんだ。信じてほしい、頼むよ」

つぐみが働く営業部のある2階の給湯室は、あまり使われない小さな倉庫や会議室と一緒に、廊下を階段と反対のほうに向かった曲がり角の奥にあり、お茶を淹れに来る女子社員以外は近くを通る者もほとんどいない。それでも誰かに見られたらと気になるのか、ちらちらと廊下の角のほうに目をやっている。

その仕種がなんとも不誠実に思えて、付き合いやセックスについて吹聴された恨みどうこうよりもまず、この男を生理的に受け付けない気がした。声を聞いているだけで、無理やりオフィスの玄関に向かおうとした時のような吐き気を覚える。

「もうどうでもいいです」

かろうじてそれだけ口にして、強引に長瀬の脇をすり抜けて小走りに営業部に向かう。長瀬は小さく舌打ちして、追いかけてきた。

「待てよ。君のせいで俺がどんな立場になってるか、わかってるのか」

声が上擦っている。彼の立場は想像がついた。噂を酒の席で口にしてつぐみを追い込んだだけの先輩ＯＬでさえも、態度からするに人事にお灸を据えられた様子だった。スキャンダルの張本人の長瀬が、部内で顰蹙を買っていないはずがない。

人事から厳しい処遇を言い渡されたのかもしれないし、あるいは家族にばれた可能性もある。彼は子供もいないし、妻に不倫が伝わればすぐに離婚という話にもなりかねないだろう。

でも『君のせい』と言われるのはお門違いだ。誘ったのは長瀬のほうだし、その関係を彼自身が同僚に吹聴したという噂が事実であれば、それこそ自業自得というものである。

「待てって言ってるんだよ、おいっ」

次第に背後の長瀬の声が大きくなる。他人に聞かれてもかまわないという投げやりなその態度に、つぐみは怖くなって全力で廊下の角を走り抜けた。

「くそ女！」

最後に一声、長瀬の罵声が無人の薄暗い廊下に響きわたった。

なんであんな目に遭わされた自分が、罵倒されなくてはならないのか。理不尽な思いと共にまた吐き気が込み上げて、そのまま部署の入り口を通り抜けて階段のほうにある女子トイレに駆け込んだ。

部長にお茶を淹れに出てきたことなどすっかり忘れて、トイレの個室で便器に吐きながら嗚咽を漏らした。昼休みに社員食堂で一人で食べたスパゲティをすべて戻すと、続いて始まったひどい頭痛を堪えながら部署に戻り、すぐに荷物をまとめてそこを出た。

周りの先輩社員たちが目で追っているのを感じたが、もうどうでもよかった。

エレベータで1階に降りるまでの間が、沈んでいく船に乗っているかのようだった。

まだ明るい屋外に出た途端にまた涙が溢れだして、泣きながら駅に向かって歩いた。沢木の診療所に寄っていくことさえも思いつかなかった。

# 7

マンションに帰るとつぐみはすぐに、パソコンを開けてツイッターにログインした。貪りつくようにタイムラインをチェックすると、つぐみがフォローを入れている何人かの有名人と、音楽や読書の趣味が合っていそうな相手からのツイートの中に埋もれるようにして、カズトのつぶやきが一つ、ぽつんと表示されていた。

「花は届きましたか？」

遠慮がちなそのつぶやきは、間違いなくつぐみに対してのものだった。@のあとに、つぐみのユーザー名である『ｉｃｈｉｒｉｎｚａｓｈｉ』が記されていて、それがつぐみ個人に向けられたメッセージであることを教えてくれる。

「花……？」

意味がわからなかった。昨夜、日付が変わる時に送られてきた、赤い薔薇の画像のことだろうか。

なんとなく違う気がした。

ふと思い当たってドアの外に備えつけられた郵便受けを見に行くと、宅配便の不在通知が一枚残されていた。ネットで今日あたり到着しそうな買い物をした覚えはない。

すぐに不在通知に記された携帯の番号にかけると、まだ近くにいるから今届けると言われ、しばらく玄関前でそのまま待っていると、昨日の昼に山ほど白薔薇を届けた若い宅配業者が、小さな縦長の箱を持って現れた。

受け取りのサインをしてすぐに部屋に戻り、はさみを使って丁寧に箱を開ける。中に何が入っているのかはわかっていた。配送伝票に書かれていたし、それに昨晩の画像からも想像がついた。箱の中身はやはり、赤い薔薇だった。ただし今回は一輪だけ。配送料のほうが高いのではないかと思うくらい、見事に一輪だけの真っ赤な薔薇である。

開けたままのパソコンの前に座り直して、カズトのつぶやきの右にカーソルを合わせると、『返信』の文字と矢印が浮かぶ。クリックすると１４０文字だけ書き込める空欄に、『@ＬＯＮＥＳＯＭＥＣＬＯＵＤ』と出る。これでカズトにつぶやきが届くことになる。

どきどきしながら書き込みを始めた。

「カズトさん、赤い薔薇ありがとう。昨日の部屋一杯の白薔薇のお礼もまだでしたね。ちょっと多すぎたけれど、嬉しかったです」

本当は、受け取った時はただ怖いだけだった。まだ怖さは残っているけれど、今こうして届いた一輪の赤い薔薇は、同じようにわかるはずのないつぐみの住所に送られてきたはずなのに、少しも怖くなかった。

薔薇が一輪であることに、送り主の気遣いが感じられたからだ。確かに教えていないはずの住所に、教えていないはずの名前を添えて贈り物をするなんて、気味が悪いことは間違いない。むしろ犯罪ではないかとさえ思う。

しかし、それでも彼の気遣いは、つぐみの心の痛みをわかろうともせずに、自分の言い訳をまず口にして、それが受け入れられないと罵倒すらしてみせた現実の恋人、いや、そう思っていた男とは雲泥の差だった。

今にして思えばデートとなるとすぐにホテルに行きたがり、しかも毎度セックスを終えたはかりでまだ汗も引かないうちから帰り支度を始めた長瀬の不誠実さは、最初から頭を冷やして考えれば気づいていただろう。いや、半ば気づいていながら、恋愛感情が現実を押し殺してきたのかもしれない。

カズトという人物の心遣いは、うわべと自分の保身ばかりに気をつかう長瀬とは全然違う。もっと繊細な何かを感じるのだ。

だから少なくともこの時点で、カズトの正体が長瀬という可能性は完全に消えた。長瀬は自分勝手に大量の薔薇を送りつけることはしても、そのあとで相手の気持ちを考えて一輪だけの赤い綺麗な薔薇を届けるようなことはできない男だ。

アクリル・キューブを触らせてくれたことにしても、つぐみが興味深そうにそればかり見ていたから、触ってごらんと言っただけだろう。そういう見かけ上の優しさは持っているから、広報部のみならず営業部に至るまで、長瀬のファンらしきＯＬは大勢いる。でも、現実の彼はセックスが上手いだけの、薄っぺらな男だ。オセロの駒が裏返ったように、今は彼の言動すべてが真っ黒に思える。自分の心の中に残っていた少女じみた、そしてまだ本当の意味で懲りていない淡い希望が、音をたてて崩れていく。

カズトに向けてのつぶやきを書き終えて、『ツイート』と薄く書かれたボタンをクリックすると、恋人からのメールを待つような心境になった。

たった今、この書き込みを彼が見ているとは限らない。自分に対する書き込みがメールで通知される機能は、『Ｔｗｉｔｔｅｒクライアント』と言われているアプリケーションソフトを使えば可能らしいが、だからといってカズトがすぐに返事をくれる可能性は低いだろう。

まだ夜の7時にもならないし、本来なら夕食の時間だ。つぐみは散々吐いたこともあって食欲がなかったが、カズトはもしかしたら食事中かもしれない。

カズトの夕食はなんだろう。外食だろうか。それとも家の食卓で食べている？　家族は一緒だろうか。恋人はいるのか。意外と奥さんがいたりして。それはもうごめんだ。

あれこれと考えを巡らせている1分かそこらの間に、カズトは意外やツイートを返してきた。

「やっぱり白薔薇は多すぎたんですね。今度の赤い薔薇は喜んでくれたようで、僕も嬉しいです。ユーザー名が一輪挿しだから、一輪だけ贈りました」

なるほど、と感心した。やはり繊細な感性を持っている人物という見立ては間違っていないらしい。

「だから一輪だけ贈ってくれたんですね。送料のほうが高くついたでしょう？（笑）」

「ええ。倍以上しましたよ」

つぐみがツイートをすると、すぐさまカズトから書き込みが返ってくる。先日、初めてツイートし合った時と同様に、チャットのように会話が飛び交う。

ツイートは日本では『つぶやき』と訳されているが、つぶやきを返すというのは言葉としておかしいし、人に聞かせようという意思が働いた時点で、それはつぶやきとは言えない気もする。Ｔｗｅｅｔという英単語を調べると、まず出てくる意味は鳥の囀り（さえずり）だ。そちらのほうなら少し納得できた。

つぐみの囀りに、カズトが返してくるというイメージだ。ツガイで枝に止まっている小鳥の囀りは、まさに恋人同士の会話に等しいこともあるのだから。

そんなことを考えると、心が弾んだ。さきほどまでの暗い気持ちが嘘のように晴れやかになり、食欲まで湧いてきた。

ポテトチップスの袋を開け、ハムやコンビニで買ったサラミなどの半ジャンクフードを冷蔵庫から出してきて口に放り込みながら、つぐみはキーボードを叩いた。

「嬉しかったです。でも花は毎日贈ったりしないでくださいね。ありがたみがなくなってしまうから、たまに贈るほうが女性には効果があると思いますよ」

図々しく思われないように、一般論として話してみる。少し考えているのか今度は間があって、カズトからのツイートが入る。

「じゃあ、花の画像だけ毎日贈ります。それならいいですよね？」

思わずときめいてしまった。なぜそんなに自分に花を贈りたがってくれるのか。ツイッター上で『花』と名乗っているから？

まさか一目惚れということはないだろう。顔を見ていないのだから。

会話だってツイッターの上で交わしただけだ。１４０字以内の短い書き込みが、何回分だろう。自分のツイートを遡(さかのぼ)ってみると、『実は先祖はイルカです』という冗談めいた一言が目に入る。これが効いたのだとしたら、一言惚れかな、などと一人でほくそ笑む。

「画像だけなら、ありがたくいただきます」

と返して、またふと考える。

どうやって名前を知ったのか、住所まで知ることができたのか、そんなことばかり気にかけていても不愉快なだけだ。まだ確証はないけれど、カズトは会社の人間ではないと思うことにしよう。きっと彼は、最近どこかでつぐみに会った人物なのだろう。言葉の端々、アクリル・キューブ、それに会社に行きたくない、という発言から特定できる程度には、つぐみのことを知っている誰か。そう単純に考えて、深く追及しないでおこう。少なくとも今夜はそうやってカズトを受け入れて、その代わりに自分も彼に受け入れてもらおう。やっぱり会社に行くのは苦痛でしかたなかった自分にとっての居場所は、もうここしかないのだから。

割り切ってからは、会話が弾んだ。まさにチャットのように、ポンポンとリズミカルに書き込みが交錯した。そのうち話題は、つぐみの出社拒否のほうへと向かっていった。先輩社員との不倫関係が周囲に知られて、彼が撮った自分の裸の写真が出回っているという噂までされて、それ

が原因で会社に行けなくなってしまったのだという事実。それが自分にとってどれほど辛いことなのかをつぶやくと、カズトは、

「可哀相に。君は少しも悪くないのにね」

と、短く返してくれた。

どこの誰かもわからない相手からの、たった1行の書き込みなのに、涙が溢れて止まらなくなった。

「ありがとう、カズトさん」

そうツイートすると、カズトは少し間を置いて、

「何でも話してください。君のことなら、何でも知りたいです」

と書き込んできた。これでタガが外れた。つぐみは、出社拒否になるきっかけとなった先輩OLたちの発言から始まって、今日久々に出社した時の出来事や、不倫恋愛の相手だった長瀬に罵倒されたことに至るまでを、それこそカウンセラーの沢木に話すよりも事細かにツイートしていった。

ツイッターはその性質上、アクセスしている誰にでも二人の書き込みが読めることになっている。それが嫌ならダイレクトメッセージというメールを送り合うような機能もあるのだが、つぐみは一度も使ったことがなく、そもそもフォロワーもまだ13人で止まったままのつぐみにとって、ツイートで会話を交わすことに気後れする必要などない気がした。

それに、もし他の誰かがこのツイートを読んでいるとしたら、カズトだけでなくその人たちに

も、愚痴を聞いてほしい気も少しはしていたのだ。

日付が変わる頃まで、カズトとのツイートのやりとりは続いた。気がつくと、ポテトチップスの袋は空になり、冷蔵庫から出してきたハムとサラミもなくなって、チューハイの空き缶が二つデスクの上に転がっていた。

一息ついて冷静になると、さすがにプライベートなことをしゃべりすぎた気がした。つぐみは『花』という偽名でアカウントを作っていたが、カズトは本名はもちろん住所まで摑んでいるのだ。

万が一、カズトがつぐみの名前や住所をタイムライン上に晒せば、つぐみが自ら書き込んだプライバシーはたちどころに素性と一致してしまう。そんなことをする人物には思えなかったが、こんな短いツイッター上のやりとりだけで信用してしまうのは危険だ。

それにカズトが信用できる人物だったとしても、二人のやりとりを黙って見ている誰かがいて、それがたまたまつぐみの会社の社員だったら？　書き込みの内容からつぐみを特定してしまうかもしれない。つぐみの発言にフォローを入れてチェックしている人はそう多くないし、カズトもそれは同じだった。しかし、フォロワー以外にもどこの誰がこのやりとりを見ているのかわからないのである。

急にまた怖くなって、つぐみは自分の発言を遡ってチェックし、問題がありそうなつぶやきをまとめて消去した。これで、誰かがリツイート機能で自分のフォロワーたちにつぐみのつぶやきをばらまいていないかぎり、もう誰にも読むことはできなくなるはずだった。

そうやって過去のツイートを消してしまうと、そこに書かれていた辛い出来事もまた、デリートされる気がした。いつか思い出さなくなる日が来るといい。そう思いながらパソコンを閉してデスクの上のアクリル・キューブを撫でると、また温もりを感じた。キューブの向こうから、電灯の光が自然光のように優しく届く。

この部屋に大切なものは二つある。

一つがこのアクリル・キューブ。

もう一つが、ノートパソコンだ。

どちらにも、『世界』を感じる。

アクリル・キューブの中には、無限に拡がる海のような澄みきった空間があるような気がするし、パソコンの中にもより混沌としていて時には汚れ荒んでいるけれど、間違いなく『世界』が存在するのだ。

8

翌朝、つぐみの元にはまた薔薇が届いていた。昨夜、ツイッターの上でさよならを告げたあとに、カズトがアップロードしたと思われる、ピンクの薔薇の画像だった。

久しぶりに一日だけ出社したきり、つぐみはまた会社に行けなくなった。オフィスでの体調不良を上司が見ていたこともあり、これまで診断書を郵送してくるだけでは不十分だから、一度面接させてほしいとしつこく言ってきていた人事部も、電話を一本寄越してきて、体調が元に戻ったら連絡をするようにと言ったきりで、もうそれから1週間たつが音沙汰なしである。

人事部にしてみれば正当な理由があっての休職であれば、担当者の責任にはならないとわかっていての、緩い対応なのかもしれない。もしかすると前例もいくつかあるのではないだろうか。

不登校児童というのも大勢いるようだし、つぐみの通っていた高校でも年に一人や二人は学校に来られなくなって辞めていったものだ。学校も会社も同じこと。たいていは、通えなくなって数週間、せいぜい数カ月で辞めていく。年単位で無駄に給料を払い続けるようなケースは、まずないに違いない。

つぐみも朝起きてまた会社に行けなかったとため息をつくたびに、退職願いを出したほうがいいのではと悩んではいた。しかし、自分だけが一方的に職を失うというのは、なんとなく釈然としないという気持ちもあって、もう少し、もう少しと先のばしにしているのである。

カウンセラーの沢木からは週に一度は携帯に電話が入ったが、様子伺い程度の会話を交わすのみだった。たまには診療所に顔を出すようにと言われたが、そもそも会社に近い有楽町に向かうこと自体が苦痛で、どうしても足が遠のいてしまっていた。

他にやることがないのもあって、カズトとのツイートは毎日欠かさず、少なくとも5〜6時間、長い時は10時間近くも続けていた。どこの誰かはもちろん顔すら知らない相手なのに、かれこれ2週間以上にもわたって長時間のコミュニケーションをしていると、いつも会って話している相手のような錯覚を覚えるようになる。

　二人の会話が親密さを深めてくるにしたがって、それに加わろうとする人も出てきた。ただ、ツイッターの世界では、誰かがつぐみに向かって話しかけてきても、無視すれば、そのツイートは他のフォロワーや、ただ二人の書き込みを交互に見ているだけの人たちには伝わらない。

　カズトのほうにも話しかけてくる人はいたはずだが、彼はいっさい返事をツイートしなかった。つぐみのほうは、たまに返事を書いた。しかし、カズトがそれをあまり嬉しく思っていないのは、そのあとのちょっとスネた様子で伝わってきた。嫉妬されているのだと思うと嬉しかった。

　思えばつぐみは、嫉妬されるという経験を、あまりしたことがなかった。ネットの中でのことだから、現実の恋愛における嫉妬とは意味が違うのかもしれないけれど、男性の独占欲を感じるのは、たとえツイッター上のことであっても心地よかった。

　いつ何時突然に終わってしまうかもわからない関係ということは、重々承知していたが、オンラインから抜け出して先に進めようという気持ちにもまだなれない。いきなりマンションに大量の薔薇を贈られた時の冷や水を浴びたような感覚は、簡単には忘れられない。

　しかし、つぐみがカズトに惹(ひ)かれ始めていることは確かだった。カズトは博学で、つぐみの質問にはすぐさま答えてくれたし、落ち込んだり淋しくしていると、世界中のつぐみが好きそうな話題を探してきてくれて、ツイートして盛り上げようとしてくれた。

　つぐみが不機嫌だったり気分が悪かったりして、頻繁にツイートできないでいる時には、せっついたりせずにいつまでも黙って待っていてくれた。

そして一日のツイートが終わると最後に、カズトは必ず花の画像を送ってくれた。それは毎回違う、様々な色柄や大きさの薔薇の花だった。

カズトはよく気がつくところがあるわりに、子供のように自分勝手に話題を変えたり、ずれた返事をすることもしばしばあった。たとえば、子供の頃に近所の川で泳いだという話をしている最中に、

「先祖がイルカだから、泳ぎが上手いんだね、つぐみは」

といきなり言われた。当然冗談だろうと思って、

「実はわたし、水に入ると足が尾びれになっちゃうんだよ」

と返したら、

「冗談でしょう?」

と訊いてきた。冗談でないなら、何だというのだろう。いっそのこと、本当だよと返事をしてやろうかと思ったが、思い止まって彼に合わせた。

「ごめんね、冗談です」

つぐみは自分がサンタクロースを中学1年生まで信じていたことを思い出した。

そういう幼さと、難しい質問にも即座に答えてくれる博識を兼ね備えたカズトという人物に、いっそうの興味が湧いた瞬間だった。

しかし、つぐみとのかれこれ1カ月近いツイッターでの交流を通して、カズトが少しずつそういう子供っぽさを修正してきているのは感じていた。意識してそう振る舞っているのだとしたら、

案外カズトはまだ本当に子供と言っていいような年齢なのかもしれない。高校生か、もしかしたら中学生？　中学生なら相当に頭のいい少年だ。名門中学で将来は東大コースとか。

そんな下世話な妄想をしながらも、つぐみは、自分がカズトにどんどん惹かれていくのを感じていた。それはこれまでつぐみが経験してきた肉体関係へと繋がっていくような欲求とは異なる、しかも見つめ合うことも触れ合うこともしない分だけ、ピュアで打算のない情動だった。

もしかするとこれもある種の恋愛関係なのかな、と思うこともあった。だとしても、つぐみにとってのカズトが無味無臭で透明な水のような存在で、そこに想像で味や色を付けて恋をしていたのに対して、もしかしたらカズトのつぐみへの思いはもっと現実的な欲求である気がした。毎日欠かさずに贈られてくる色とりどりの花の画像に表現されているように——。

つぐみには、そんなカズトの気持ちが正直少し重たかった。期待感と同時に、やっかいなことにならなければいいのだけれど、という不安も感じていた。

# 9

つぐみにとって出社できないでいる以上に耐えがたい日々が始まったのは、最後に出社してから1カ月が過ぎた、7月初旬の早朝のことだった。

ベッドの脇に置かれた携帯の振動で起きた。まどろみの中で何度もそれを感じてはいたが、2時過ぎまでカズトとツイートし合ってたこともあり、起き上がる気になれずに放置していたのだ。

しかし呼び出しの振動はいつまでも止まず、ひっきりなしにかかり続けた。

マナーモードで音が鳴らなくても、そこまでしつこいとさすがに起きてしまう。業を煮やしてベッド脇のナイトテーブル代わりのパイプ椅子に手を伸ばして、まだ振動している携帯を取り上げる。目が開かずに、どこの誰からかも確認せずに出た。

「はい、玉木です」

なるべくしっかりした声を作って応じると、聞き覚えのある高い男性の声がした。

「俺だよ、つぐみ」

そう言われて、携帯の液晶表示を見た。公衆電話かららしい。

「わかんないのか。長瀬だよ」

すぐに切ろうとするが、耳から携帯を離しても聞こえるような大声で、

「切るな！」

と長瀬が叫んだので、気圧されて切り損ねる。恐る恐る耳に携帯を当てると、今度は得意の猫なで声を出してきた。

「ありがとう、話を聞いてくれるんだね。よかった」

目覚まし時計を見てため息が出る。

「なんですか、朝の5時ですよ」

話を聞くつもりはなかったが、ここで切ってもどうせまたかけてくるだろうと思い、相手にはしないまでも話だけはさせてみることにした。

「何度かけても繋がらないし、メールも返事がこないからさ。心配してたんだぜ」

当然だ。電話もメールも、彼の携帯からのものは着信拒否にしてある。

「お話があるなら、手短にお願いします」

できるだけ冷たく言い放つ。もう何を言っても自分は聞く耳を持たないのだと、言外に伝えたつもりだった。ところが相手は思いの外、鈍感だったようだ。

「実は離婚したんだ」

声を弾ませて長瀬は言った。つぐみが喜ぶことを予想しているような声色だった。

「そうですか」

とだけ答える。他に感想などあるはずがない。強いていうなら、奥さんよかったですね、だろうか。

「それだけ？」

不満げに問い返して、長瀬はまた弾んだ声で続ける。

「俺、社内結婚だろ。女房の同期がまだ残っててね、会社に。そこから君とのことが伝わっちまって、まあそれ以前にもいろいろあったから、話し合った末に離婚しようってことになったんだ」

「だからなんでしょう」

もう、いいかげんに電話を切りたかった。長瀬が離婚しようが退職しようが、つぐみには何の関係もない話だ。

ところが長瀬は意外なことを言い出した。

「もう一度、ちゃんと付き合わないか、俺と」

カッと頭に血が上るのを感じた。

「冗談じゃないです！」

と、気色ばんだ。

「なんで関係を言いふらされて、知らない間に撮られた写真まで会社の人に見せて回ったような人と、縒りを戻さなきゃならないんですか。わたしがどうして会社に行けなくなったかわかってるでしょう？」

「そんなの嘘だよ、ただの噂で……」

「ただの噂じゃないわ。だって――」

先輩ＯＬから話を聞かされた時の屈辱を思い出して、言葉を詰まらせた。

長瀬とのセックスの細かいところまで、彼女たちは赤裸々に語ったのだ。それは事実、長瀬がつぐみにしたことだった。彼は話したのだ。面白おかしく、同僚に。あの子は自分に惚れてるから、何でもするんだ。そんな言い方で、きっと居酒屋で後輩たちとお酒を呑みながら。写真も見せたに違いない。眠りに落ちているつぐみを、こっそり携帯で隠し撮りした写真を。

頭がガンガンし始める。髪を掻きむしると、虫でも湧いたかのような痒みを覚えた。気のせいだ、これも頭痛や吐き気と同じ、心の悲鳴なのだと自分に言い聞かせるが止まらない。爪を立てて頭皮をひっかくと、毛が何本か抜けて針で刺すような痛みが残った。

くそ女！

会社の廊下で、背中で聞いた長瀬の吐き捨てるような一言が、幻聴のように甦る。


「ごめんな、つぐみ」

長瀬は謝ってみせた。上辺だけとすぐにわかる軽い口調で。

「こんなに噂になるなんて、思ってなかったんだ。酔った勢いで、ちょっと後輩に自慢しただけなんだよ、つぐみのこと。写真だってほんと、お前が寝てる間に撮った上半身だけのやつだぜ。それが大げさに伝わって……ちきしょう、おかげで俺まで……」

話しているうちに、今度は勝手にいらだち始めた。そして自分がこの1カ月どれだけ針の筵に座らされるような思いで、会社でも家でも過ごしてきたかを一方的に語り、離婚した妻に多額の慰謝料を請求されていることまでしゃべりだす始末だった。

挙げ句の果てに責任の一端がつぐみにもあるようなことを言いだし、だから縒りを戻せと、筋の通らない理屈をまくしたてた。そこに至って、ようやくつぐみも彼が正気を失っていることに気づいた。

「酔ってるんですか」

朝の5時である。酔っているとしたら、夜通し飲んでいたことになる。

「うるさいな。俺に説教する気か」

支離滅裂な返答に呆れて、携帯を耳から離してベッドに放った。切ればまたすぐにかけてきそうだったから、そのまましばらく放置して言いたいことを言わせておこうと思ったのだ。

長瀬は次第に声を荒らげていく。怒号なのか罵声なのか、公衆電話の受話器に向かってがなっている声が5〜6分ほども聞こえていたが、つぐみが聞いていないことに気づいたのか、それともテレホンカードの度数が尽きたのか、ふいに通話が途切れた。

長瀬からの電話が切れると、頭の痒みも頭痛も嘘のように消えた。またかかってくると面倒なので携帯の電源を切って、少し早いけれど二度寝する気分にもなれなかったので、そのまま起きることにしてノートパソコンを開く。すぐにブラウザでツイッターのページを立ち上げてログインすると、つぐみに当てたカズトのツイートが届いていた。

「おはよう、つぐみ。今朝は青い薔薇だよ」

最初に『さん』を取って呼んだのはつぐみのほうだった。うっかり付け忘れてツイートしたのだが、それを受けてなのか、以来カズトも『つぐみ』と呼ぶようになった。

デートの最中にちょっとしたきっかけでお互いの呼び方が変わる瞬間のようで、新鮮なときめきを覚えた。現実の恋愛では関係が深まるにつれて呼び名は自然に変わっていくものだけれど、ツイッターの中だけでの付き合いでは、呼び捨てにしてほしいと提案するのもおかしいし、このままいつまでも『さん』付けなのかと諦めていたのである。

カズトのツイートに添えられているURLをクリックすると、写真をアップロードできるページに飛んで、青というよりは青みを帯びたピンクのような色合いの薔薇の写真が現れた。青い薔薇は珍しいけれど着色したものではなく、遺伝子工学を用いて最近作られるようになったのだと、写真の下にカズトの解説が書かれていた。

「綺麗だね。いつかはもっと海みたいな色の薔薇もできるようになるのかな」

思わず感想をツイートした。まだ午前5時半にもならない時間だから、当然返事はないだろうと思ったら、すぐにタイムラインにカズトの書き込みがあった。

「海みたいな色の薔薇ができたら、つぐみはきっと喜ぶね。イルカの子孫だから」

気障な男だと誤解されかねないツイートだけれど、カズトには格好をつけるつもりなど毛頭ないことが、今のつぐみにはよくわかる。

「起きてたの？」

と、リプライする。起きてパソコンか携帯を開いていたのでなければ、こんなにすぐに返事ができるはずがない。

「ずっと起きてるよ、僕は。だからいつでもツイートしていいんだ。すぐにリプライするから」

なんだか嬉しくなった。最近ダウンロードした携帯用のツイッター・アプリを立ち上げて、携帯を持ってキッチンに歯磨きをしにいく。左手でハブラシを使いながら、右手でツイート。

「ありがとう。さっき嫌なことがあったから、カズトと話せて嬉しいかも」

「嫌なことって？」

「不倫の元カレからの電話をうっかり受けちゃったの。すごく嫌なこと言われて、また調子悪くなっちゃったよ」

「じゃあまた、吐き気がしたり？」

カズトには、会社に行こうとすると頭が痛くなったり吐き気がしたりするという話はしてあった。

「うん。今日は頭が痒くなって掻きむしっちゃった。爪の中血だらけ」

「可哀相に」

それだけのツイートなのに、簡単に涙が出てくる。少ない言葉に、彼の思いやりが込められている気がしたのだ。

自分でも愚かだなとは思っていた。本当は妻も子もいて、出社する前の朝食の時間に仕事のふりをして携帯をいじり、馬鹿な出社拒否のＯＬに面白半分でツイートしているだけなのかもしれないのに。

「ありがとう」

つぐみも短くツイートを返して、徐々に高くなる太陽の光を誘い込むために、うっかりまだ閉じたままだったカーテンを思い切り開けた。目の奥まで届く陽光は、夜更かしのつぐみには眩しすぎて、すぐにレースのカーテンを閉じた。

レースを通した柔らかな光が、部屋の奥まで届いて机の上のアクリル・キューブを照らしている。いつもは夜にデスクライトの灯で見ているそれが、今朝は陽光を受けて澄んだ水を空間に四角く固めたような透明感を、いっそう際立たせていた。

通勤していた頃は、せっかくのアクリル・キューブもじっくり眺めている余裕が朝はなかったし、マンションに引きこもるようになってからも、遅くまで起きているせいで朝の光の下でそれを眺める機会はこれまでなかったように思う。

アクリル・キューブとノートパソコンを持って、デスクよりも窓に近いベッドの上に移る。『新しいツイートが1件あります』と、早くもタイムラインの上部に現れているのを見て、つぐみはすぐにその文字の上をクリックし、カズトからのリプライを声に出して読みながら、キーボードを叩いた。

朝早くからツイッターでカズトと話すのは、初めてのことだった。普通なら日中は仕事をしているはずだから、ツイートしても無駄だと思って、花の画像の贈り物を見るだけでお礼のツイートは夕方に返していたのだ。書き込むからにはすぐに返事が欲しいし、仮にオフィスから返してきてくれるとしても、仕事の途中ではすぐには返事できないだろうと遠慮していた。

でもカズトはすぐにリプライをくれた。まるでずっと待っていてくれたかのように。今、彼を独占しているのは、間違いなく自分だと思うと、さきほどまでの陰鬱な気持ちがすっかり晴れてしまった。

しかし、それも束の間だった。

ベッドの上で膝を抱えてカズトからの返答を待っていると、ドアホンが鳴った。まだ6時を回ったばかりだ。こんなに早く宅配便が来たこともなかったので、妙だなとは思いつつもドアホンの通話ボタンを押して返事をする。

「はい」

「俺だ」

声を聞くなりドアホンを切った。長瀬だ。ドアの外にあの男が立っている。狭いワンルームだけに、どんなに後ずさりしてもドアまでは5メートルもない。

ドアホンがまた鳴った。無視していても、また鳴る。厚い金属のドアを通して、そこに立っている男の自分勝手な押しつけがましさが迫ってくる気がした。

ドン、と衝撃音。ドアを蹴ったのだろう。次はバンバンと叩き始める。

「おい、開けろ！」

怒鳴り声。まだアルコールが残っているらしく、荒い息づかいも聞こえた。

頭が割れんばかりに痛みだし、こみあげてくる吐き気に涙が出た。ドアに近いキッチンまで行くことができず、手近にあったごみ箱に嘔吐する。歯を磨いた後に飲んだミネラルウォーターだけが、すっぱい胃液と混じって出てきた。

泣いているわけでもないのに涙が溢れた。吐くものがなくなっても吐き気が続いて、胃が痙攣している。

助けを求めたかったが、どこに求めていいのかわからない。途方に暮れてへたり込んでドアに背を向けると、目の前に開けたままのノートパソコンがあった。

思わずツイートした。

「助けてカズト」

震える指で、そう打つ。

「どうしたの？　なにがあったの？」

すぐに返事があった。涙が溢れる。吐き気を堪えながら、またキーボードを叩く。

「あの男がドアの前にいるの。叫んだりドアを蹴ったりしてる」

「なんでそんなことを？」

「わからない。わたしを恨んでるみたい」

「逆恨みだ」

「でもきっとそう。どうしようわたし」

そこまで打つのが精一杯だった。吐き気の次は割れんばかりの頭痛と目眩が襲ってきた。目も開けていられなくなって、耳を塞いでうずくまった。そのうちに気が遠くなってきて、酒に酔ったような状態に陥ったまま意識を失ってしまった。

## 10

長瀬のふいの訪問を受けて以来、つぐみはすっかり体調を崩してしまい、ほとんど外に出られない日々が続いた。マンションから外に出ようとするだけで、頭痛や吐き気に襲われるようになってしまったのだ。

たまに頑張って買い物に出ても、どこかに長瀬がいるような気がして遠くには行けず、近くのスーパーで最低限の食料品を買って帰るのが精一杯だった。事実、ほぼ毎日のように長瀬はつぐみのマンションに立ち寄って、ドアホンのボタンをひとしきり鳴らし、罵声を浴びせてから出社していくのだ。

耐えかねて、近所の交番の警官に頼んで見張っていてもらうことにした。ところがその時は、彼も姿を見せなかった。道路から丸見えのドアの前に警官が立っているのに気づいて、立ち去ったのかもしれない。

警官は3日間、早朝と夜に2時間ずつ番をしてくれたが、長瀬が現れないとわかると、何かあったら連絡をくれとだけ告げて、もう見張りもしてくれなくなってしまった。最後に長瀬の携帯に電話をして、ストーカー規制法についての説明と忠告をしてくれたが、それが逆に長瀬の逆鱗（げきりん）に触れたのだろう、嫌がらせは巧妙になり、ますますエスカレートしていったのだった。

最初に狙われたのは郵便受けだった。食料品の買い出しに出掛けるついでに、郵便受けを開けたらゴキブリが数匹、中で死んでいた。餌になるようなもののない郵便受けの中で、何匹もゴキブリが死んでいるはずがない。きっと長瀬の嫌がらせだろうと思ったが、我慢をして新聞紙にくるんで捨てた。

警官から説明を受けたストーカー規制法には、汚物や動物の死骸などの著しく不快なものを送りつける行為を、ストーカー行為と見なして処罰の対象とするという項目があるらしい。しかし、ゴキブリはどこにでも入り込むし、必ずしも長瀬の置き土産だとは限らない。少なくともそれを証明することは難しいと諦めて、警察に相談するのはやめた。

ゴキブリの死骸はそれからほぼ毎日、郵便受けの中や玄関の前で見つかり、次第に数も増えていった。

ある時は郵便受けに、風俗店のビラがたくさん入れられていた。ベッドの上に横になっている女性のヌード写真がプリントされていたが、それは顔にモザイクがかけられているものの、どう見ても眠っているつぐみを盗み撮りしたものだった。やはり会社で流された噂は本当だったのだ。どこかで手に入れた風俗ビラに、パソコンで加工したつぐみの写真を合成したに違いない。

血の気が引いて他の部屋の郵便受けをのぞき込んで回ったが、ビラが入れられているのはつぐみのところだけらしかった。風俗ビラに偽装されていたことで長瀬の仕業だと警察に説明するのは難しいと思い、これも泣き寝入りするしかなかった。

無言電話は必ず毎日かかってきた。拒否に設定している長瀬の携帯からではなく、最初は公衆電話からだったが、それを拒否すると、今度は見覚えのない電話番号からかけてきた。試しにその番号にかけてみたところ、ラブホテルの電話だった。

もちろんすぐに着信拒否にしたが、それも想定済みだったらしく、毎日別のラブホテルから無言電話がかかってきた。長瀬の仕業に違いないが、証拠はどこにもなかった。

それ以外にもベランダに干しておいた洗濯物に汚水がかけられていたり、夜中に窓ガラスに石が投げつけられて割られたり、様々な嫌がらせがあったが、すべて長瀬の仕業だという証拠はなく、警察にも相談できないままだった。

嫌がらせ行為そのものの不快感よりも、長瀬が自分を執念深く狙っているという事実が、つぐみに激しいストレスをもたらした。食欲がなくなり、なんとか食べられるスナック菓子とジュース、それにチューハイなどの酒類だけで過ごすようになった。

朝になると髪の毛が、枕の上にごっそりと抜け落ちている。頭痛は日増しにひどくなり、カウンセラーの沢木に相談したところ、すぐにカウンセリングに来るようにと言われたが、会社の近くの彼の診療所まで行ける精神状態ではなかった。

どこかで長瀬が見ているような気がして、夜もろくに眠れなくなっていった。大好きだったアクリル・キューブも、ただの無意味な置物のようにしか見えなくなっていた。

唯一の救いは、ツイッター越しのカズトの励ましだった。出社拒否はかれこれ2カ月にも及んでいて、マンションにいる時間のほとんどを、パソコンの前に座りツイッターや他人のブログを見たり、書き込んだりすることに費やす生活だったが、つぐみがツイートをすると1分以内に必ずカズトはリプライをくれた。

ストーカー行為を受けているというつぐみのツイートには、カズト以外のユーザーたちも関心を持つようになり、フォロワーは次第に増えていった。ただ、つぐみはカズト以外のツイートにはリプライをしなくなっていたので、積極的につぐみに向けたツイートを続ける者はなく、ほとんど無言のウォッチャーとでも言うべきフォロワーが増えていくばかりだった。

長瀬の巧妙な嫌がらせ、ストーカー行為が始まってから、いつのまにか1カ月近くが過ぎていた。

梅雨が明け、晴れの日が続くと共に気温はうなぎのぼりに上昇し、入居した時から設置されている古びた冷房ではどんなに強くしても、一番暑い昼過ぎの温度が30度を下回ることはなかった。

激しいストレスで心身症の悪化したつぐみは、食事がままならなくなったせいで、1カ月の間に7キロも体重が落ちていた。もともと少しぽっちゃりした体型だったから、まだ病的に痩せているというほどではなかったが、生理も止まり、抜け毛も続いていた。発端が不倫だけに体裁を気にする両親にも相談できず、かといって短大時代の友人とは卒業と同時に没交渉になっている。助けを求める相手は、ネットの中にしかいなかった。

そこに襲いかかる猛暑で、つぐみの精神状態は極限に達していた。口中、動くのも嫌になりベッドの上でうとうとしていると、このまま死ぬのではないかと本気で思ってしまう。だから眠らずにパソコンを開いてまたツイッターに自分の苦しみを書き込み、それをカズトや、他のフォロワーたちに聞いてもらう。

苦しい。死にたい。もう、生きている意味がない。

そんなことばかり言っているようでは、カズトにも愛想を尽かされてしまうのではないかと、それだけが怖かった。

それでもカズトは立ち去らずに、つぐみのツイートにひたむきにリプライをくれた。毎朝起きると、あの花の画像も必ず届いていた。

しかし、それ以上のことはしてくれなかった。つぐみのマンションに花を送ってくれたのだから、住所は当然知っているはずだ。なのに助けに来てはくれない。確か宅配便の配送伝票にはつぐみの携帯番号も書かれていた。なのに電話をくれることもない。

ただ、ツイートという名の文字列と花の画像を送ってくるだけ。

それでも何もないよりはマシだと、つぐみは思っていた。今、カズトにまで消えられてしまったら、自分はもう生きていけない気さえしていたのだ。

その朝は久しぶりの雨降りだった。

投石で割られた窓ガラスは、ガムテープとラップで仮の修理をしただけなので、激しく降ると割れた部分から雨水がしみ込んできて、窓に近い部分の布団の端がぐっしょりと濡れていた。

雷が鳴ると窓が震えて、鼓膜がキンと張りつめたようになる。稲光は耐える気力のなくなったつぐみの精神を、容赦ない迫力で射貫（いぬ）いていく。窓に張ったラップはすぐにはがれて、その隙間から風で吹き込む雨の細かいしぶきが、置き去りにされた孤児のような心境のつぐみを、閉じこめられた囚人のようなつぐみの心境を、なおさら惨めに貶（おとし）めていた。

それでも何か食べないといけないと思い、布団から這い出して冷蔵庫を開けた。ろくなものは残っていなかったが、雨のおかげで温度が下がり食欲があったので、以前買ってあった蕎麦をゆでて、オレンジジュースと交互に口に運んだ。

久しぶりの少しはまともな朝食で、わずかながら体力が湧いてきた気がした。外がこの雨風では、長瀬もここにやって来はしないだろう。そう思うと、泣きたいくらい嬉しい。

パソコンを開いて、いつも通りにツイッターにログインする。昨夜寝る前にカズトとやりとりしていたツイートが、そのまま残っている。最後はカズトからの、いつものプレゼントだった。

おやすみの一言と共にツイートされているＵＲＬをクリックして、画像がアップロードされているページを開いた。

この朝の花は、真っ赤な薔薇だった。血が滴るように赤い薔薇の下には、いつも通りにカズトのコメントが添えられていた。

「もう大丈夫だよ、つぐみ。長瀬はもう二度と現れない」

しばし呆然となる。長瀬という名前を、つぐみはツイッターに書き込んだ覚えがなかった。なのに、なぜカズトは知っているのだろう。やはり彼は、つぐみの会社——ともう言えないかもしれないが、長瀬も勤めているあの会社の従業員だったのだろうか。

それならば、つぐみの住所を知っていたことも合点がいくし、長瀬の名前もわかっていることだろう。

しかし——。

そうだとしたら、この画像に添えられたコメントの意味は？

「……長瀬が、二度と来ない？」

気になって、携帯を取り出して久しぶりに会社に電話をかけた。同期入社のＯＬを呼び出してもらって、長瀬のことを聞こうとした。すると彼女は相手がつぐみだと知って、慌てた様子でまくしたてた。

「玉木さん、テレビ観たのね。そうなのよ、長瀬さん大変なことになっちゃったのよ！　何か知らない？　もう会社に警察とか来ちゃって、大騒ぎになってるの！」

つぐみは床に転がっているリモコンを拾って、テレビを点けた。チャンネルを替えるまでもなく、ニュース番組が流れた。

アナウンサーの緊張した面持ち。

雨が降っている、どこかの駅の映像。

ボリュームを上げると、甲高い現場レポーターの声がして、画面に社内報からでも拾ったのだろうか、少し若い頃の長瀬保の表情のない顔が大きく映し出された。

長瀬の顔写真にかぶさるように、白いテロップが躍っていた。

『深夜の凶行！　通り魔か？　会社帰りのサラリーマン、刺殺される！』

11

曇った窓ガラスを指で擦(こす)って外を眺めると、町は昨夜からの雨で黒く染まっていた。

東京に来て最初に嬉しく思ったのは、雨の日でも町が暗く見えないことだった。色とりどりの傘を差して歩く人の群れが、歩道に咲く花のように映ったのである。

静岡の田舎町にいた頃は、雨が降ると家と学校を往復するだけで憂鬱になったものだったが、上京してからは、雨の朝には花畑のようになる渋谷の短大に向かう通りを、自分も華やかな彩りの傘を差して歩くことに心が躍った。

しかし今、この小さなワンルーム・マンションの窓から眺める住宅街は人通りもほとんどなく、濡れた路面の、コールタールの臭いがしそうな黒さばかりが際立つ。たまに通り掛かる人たちも、コンビニにでも向かうのだろうか、部屋着にビニール傘といった出で立ちだった。

ガラスに指先で作った小窓を、息を吹きかけてまた曇らせ窓際を離れる。すがりつくような思いで、実家にいた頃から使っている古い机の上に置いてある、正立方体の透明な塊に手を伸ばした。

「助けて……」

ただ、つぶやいた。

どうすればいいのかわからない。田舎の両親にこんな話をしても、ぜったいにわかってもらえないだろう。兄と妹がいて、真ん中の自分は幼い頃から一番両親に話を聞いてもらえなかった。だから、どんな辛い時でも一人で答えを見つける習慣がついていた。

カウンセラーの沢木の話では、会社で起きたトラブルが元で、つぐみがあっさりと出社拒否の身体症状を起こしたのは、そういう風に心に無理をさせ続けてきたツケが回ったのだという。

でも、今さら両親に相談をしようという気持ちはどこからも湧いてこない。かといって心理カウンセラーにこんな話を持ちかけるのも、お門違いな気がした。

昨晩まではすぐにツイートで相談できる相手がいた。つぐみのことを誰よりも心配してくれて、誰よりもつぐみの話を真摯に聞いてくれて、そしてつぐみ自身、誰よりも心を開ける相手。でも今は、まさにその相談相手が、つぐみを苛む罪悪感の根源になっているのだった。

「こんなことになるなんて……」

アクリル・キューブを抱きしめてベッドに突っ伏す。

携帯には、何度もメールが届いている。会社の同期からだったが、読む勇気はなかった。

でも、このまま何もせずにいるわけにはいかない気がした。自分と関係のある人間が、殺されたのだから。

しかも自分は、その殺人事件と関わっているかもしれない人物を、知っているのだから――。


呆然として何もできずにいる間に刻々と時間が過ぎ、いつのまにか正午を回っていた。

不思議と空腹を覚えて、クラッカーに冷蔵庫から出したマーマレードをのせて口に運んだ。甘ったるさに軽い吐き気を催したが、口の中に湧き出る唾液ごと飲み込む。

ノートパソコンの液晶画面には、アクリル・キューブに似ているという理由で、フリーソフトのアップロードサイトから拾ってきたスクリーンセーバーが起動している。鱗(うろこ)模様の光が揺れる水の中のような背景に、透明な立方体が近づいたり遠ざかったり、くるくると回ったりしながら漂っている。その立方体が、つぐみにはガラスではなくアクリルに似た柔らかな光を放っているように見えて、妙に気に入ってインストールしたのだった。

しつこくつきまとう吐き気を堪えながら椅子に座り、マウスに触れた。イソギンチャクが引っ込むようにスクリーンセーバーが閉じて、その下から開けっ放しにしてあったブラウザが飛び出してくる。

血のように赤い薔薇の画像。

その下に書かれた短い文。

――もう大丈夫だよ、つぐみ。長瀬はもう二度と現れない――

カズトが最後にツイートした時刻を見る。そこには『約12時間前』と表示があった。つまりカズトがつぐみのために、赤い薔薇の画像をアップロードした時刻は、深夜0時過ぎということになる。

点けっぱなしにしているテレビのニュースやワイドショー、それにインターネットのニュースサイトからの情報を総合してみると、長瀬が殺された時刻は、おおよそ午後11時から午前0時頃までの間らしい。

だとすれば、カズトが薔薇の画像とメッセージをアップロードした時刻には、まだどこの報道機関も事件のことは知らなかったはずだし、ましてやニュースになどなっていたはずがない。現に、この事件のことをネットで検索して出てきた記事で、もっとも早く書かれたものでも登録は午前7時だった。

つまり、『長瀬が二度とつぐみの前に現れない』という事実を、カズトが午前0時前後の時間に知り得る理由は、二つしか考えられない。一つは、たまたまカズトが長瀬の殺害現場に居合わせた場合。もう一つは、彼自身が長瀬を殺してしまったケースだ。

「たまたまなんて、そんなことあるわけないよね……」

ため息まじりにつぶやいて、テレビを消した。

ここにいたるまでの自分のツイートを思い返す。長瀬に追い詰められている苦しみを、140字のツイートを何度使ってカズトにぶつけただろうか。その度に、彼は優しく、そして生真面目にリプライを返してくれた。

つぐみが慰めと癒しを求めているのを敏感に感じ取っていたせいか、つぐみを苦しめている男に対する憎悪や怒りを、露骨に表すことはあまりなかったが、言葉の端々に浮かぶそれは、日増しに激しさを増していった気がする。

ことに昨夜のカズトは、激しい憎しみをこれまでになく露わにしていたようにも思う。それこそ、目の前に長瀬がいたら摑みかかりかねないほどだったから、つぐみが少し怖くなって話題を変えたくらいだった。

カズトが以前から、つぐみの不倫相手だった男を見つけ出して何かしらの復讐を考えていたとしても、少しも不思議ではないだろう。

同期入社の社員の話によると、長瀬保の刺殺は、会社内ではニュース報道のように単なる通り魔事件という受け止め方はされなかったようだ。女性関係が派手で、つい最近離婚したばかりの彼のことだから、なんらかのトラブルを抱えていて殺されたのではというのが、もっぱらの噂だった。

同期の彼女は口にしなかったが、当然ながらつぐみのことも話題にのぼっていたに違いない。つぐみが出社拒否になったのは長瀬との不倫トラブルのせいだったし、彼の離婚もそのことが直接の原因だったのだから。

口さがないＯＬたちが何を噂しているかくらい、つぐみにも想像はできた。だが、たとえ彼女らの間で『玉木つぐみ犯人説』が囁かれていたとしても、本気でそう考えている者がいるかどうかは別だ。

たいていは面白おかしく噂のネタにしているだけで、つぐみが不倫の泥沼から別れた交際相手を刺殺するような人間だとは、誰も思っていないに違いない。もちろん、長瀬を殺してほしいと、つぐみが何者かに依頼したなどと思っている者もいないだろう。

事実、頼んだ覚えはないのだ。つぐみは、かつて交際していた男性によって追い詰められていく自分の恐怖と苦悩を、長瀬保という加害者の名前を出すわけでもなく、ただカズトに向けてツイートしていっただけである。毎日、カズトに助けてほしいと泣きついたことは事実だが、それはカズトの優しい言葉や同調が欲しかったからであって、長瀬に制裁を加えてもらいたいなどと願ったことは、一度としてなかった。

しかし結果としてカズトは、つぐみを苦しみから救うために長瀬を殺してしまったのかもしれない。そう思うと罪の意識と共に、最初に薔薇の花束をいきなり贈られた時に感じた、カズトとはいったいどこの誰なのだろうという疑念と恐れがまた頭をもたげてきた。このまま彼の正体を知らずにはいられない気がしたのだ。

朝のニュースを観たあと怖くなって閉じたままのツイッターを開いて、もう一度彼とコンタクトを取ろうと思い立つ。ダイレクトメッセージ機能を使って、今度は二人だけで話をしよう。本当に彼が長瀬を殺したのか、なんとかして真実を突き止めるのが、自分の義務だと思えた。

ブラウザを開き、打ち慣れたＩＤとパスワードを入力してログインすると、タイムラインが表示されてカズトと自分が書き込んだツイートが、ずらっと並んだ。

カズトに向けたツイートを書き込もうとして、ふとブラウザ画面の右端に目が行く。他人の書き込みを自分のタイムラインに取り込む、フォロー機能を使ってつぐみのツイートを読んでいる、いわば『読者』の数が、そこに表示されている。

「なにこれ……」

思わず独りごちた。

今朝開けた時にはたしか、せいぜい100人くらいだったのに、それからわずか3時間でいきなり1万人以上ものフォロワーが、つぐみのIDである『ichirinzashi』を登録していたのだった。

12

つぐみのフォロワーが異常な勢いで増えた理由を突き止めたのは、およそ1時間後。どうやらきっかけは、インターネットの世界では知らない人のいない若手起業家のリツイートだったようだ。リツイートというのは、自分のタイムラインに他人の書き込みを表示させる機能で、そこに自分のコメントを付け加えるやり方も普及していた。

ツイートの固定読者と言っていいフォロワーを大勢抱えている彼が、たまたまつぐみとカズトのやりとりを読んでいて、昨夜アップロードされた薔薇の画像に添えられたコメントに気づいたのである。長瀬という名前が気になってつぐみのツイートを遡って読むうちに、カズトとのやりとりに登場する質（たち）の悪いストーカー男が、昨夜殺された長瀬保なのではないかという疑念を抱いたらしい。

起業家は以下のようなコメントを添えて、カズトが書き込んだ薔薇の画像のＵＲＬをリツイートしたのである。

「昨夜のリーマン殺し、こいつがやったんじゃね？」

さらに続けて、薔薇の画像と共に送られた件（くだん）のメッセージが、長瀬という名前と書き込まれたタイミングからみて、昨夜起きた殺人事件と無関係とは思えないという自らのツイートを、50万人以上もいる彼のフォロワーにばらまいたのだった。

ネット界のカリスマである起業家のこれらの書き込みを、彼のツイートにフォローを入れている読者たちがさらにリツイートすることでこの話はどんどん拡がり、それはつぐみのフォロワーの数に波及してまたたくまに1万人を超えていったのである。

フォロワーの増加は止まるところを知らず、ブラウザを再読み込み（リロード）するごとに、数十人単位で増えていく。普通の増え方なら、たとえばブロック機能を使うなどの方法で増加を止める方法もあったが、これほど速いペースだと到底追いつかない。最後の手段はＩＤの消去だったが、これをやればカズトとの連絡を絶つことになりかねなかった。

彼の正体を突き止めるのが先決だと思うと、今のところフォロワーの増加は放置するしかなかったのである。

それに、今からＩＤを消去したところで、これまでのつぐみとカズトのやりとりのすべてが、他人のツイートを勝手に拾い集めてまとめるサイトを利用してあちこちに貼り付けられていて、すでに簡単には消せない状況だった。つぐみがどこの誰なのかも、本名こそまだ晒されていないまでも、情報分析に長けたネットユーザーの手である程度は特定されているかもしれない。

これからどうすればいいのか、もうつぐみにはわからなかった。ツイッターで起きていることは、いずれ誰かが警察に通報するだろう。いや、もう警察に伝わっているかもしれない。

その前にマスコミが目をつけるに違いない。ただでさえ、最近はツイッターで起きた些細な事件さえも、大手マスコミが面白おかしく書き立てるのだから。素人が芸能人の目撃情報をうっかりツイートしてしまい、それが元で個人情報が晒された一件などは、大手マスコミが面白おかしく書き立てたせいで注目を集めて、さらに大問題に発展した。もしかしたらこの一件も、すでに匿名掲示板には書かれているかもしれないし、それどころかヤフーのトップページに出てもおかしくない事件なのだ。

つぐみは、何もできずにしばし呆然とパソコン画面を見つめていた。自分から入れていた他人のＩＤに対するフォローを、カズト以外はすべて解除したタイムラインは、気味が悪いほど静かだった。フォロワーはどんどん増えていくのに、つぐみに対して何か発言してくる者は誰一人いない。それは、カズトのツイートに対しても同じだった。

すでに2万人を超える顔の見えない誰かが、カズトとつぐみの囁き合いに耳を澄ませていた。家でパソコンを開けている者、職場のパソコンで休憩がてらツイッターを開いている者。あるいは出先や電車の中で携帯やスマートホンを使って、ツイッター越しのやりとりが引き起こしたかもしれない殺人事件に、誰もが生唾を飲み込んで成り行きを窺っているのだ。

ふいに籠の中の鳥が暴れるような音がした。驚いて椅子から転げ落ちそうになりながら振り返ると、ローテーブルの上で携帯電話が暴れていた。

メール着信ではない、電話だ。這って行って手に取った。液晶表示を確認すると、心理カウンセラーの沢木竜助からだった。


携帯に電話を受けてから1時間と待たせずに、沢木はつぐみのマンションに駆けつけてきた。

「大丈夫ですか、玉木さん」

玄関口でつぐみの顔を見るなり、雨で濡れたジャケットを脱ぎながら、息を切らせて問いかける沢木に苦笑して、

「大丈夫って、何がですか」

と答える。

「ここには誰も来ないですよ。ネットの向こう側には、もう3万人以上もわたしを見てる人がいるみたいですけど」

「そうやって皮肉っぽい言い方ができるなら、精神的には大丈夫ですね」

「あ、そういう意味ですか」

そういえば自分は、精神的ダメージで出社拒否を起こしていたのだったと思い出す。それどころではない緊急事態に、すっかり忘れていたのである。

「でも、どうして沢木先生はこのことを？」

もうニュースにでもなっているのかと、不安になって尋ねる。

「実は私もツイッターを使ったちょっとしたカウンセリングを、実験的に試みてるんです。そのフォロワーというか相談者の一人が、興味深いツイートがあって……失礼……今話題になってると教えてくれたんです」

気になってそのツイッターを読んでいるうちに、『ｉｃｈｉｒｉｎｚａｓｈｉ』がつぐみだと思い出し電話をかけたとのことだった。

電話では詳しいことまでは話せなかったので、あらためてここに至るまでのいきさつを、事細かに沢木に伝える。

ＬＡＮケーブルを引っ張って、ローテーブルにノートパソコンを置き、二人並んでラグの上に座ってたまに自分とカズトのツイートをスクロールして見せながら、以前に話したことも含めてすべて包み隠さずに沢木に話していく。そうするうちに、いかに出社拒否に陥ってからの自分が、カズトに支えられてきたかが思い返されて悲しくなった。

沢木は、つぐみが淹れた薄いインスタントコーヒーを啜りながら、黙って聞いていた。男というのはたいてい、こうして向かい合うと女の話をろくに聞かなくなるものだというのが、つぐみの過去の男性経験からくる認識だった。しかし彼は仕事柄だけでなく人間性もあってのことだろうか、必要な時以外は口をはさまずに、つぐみの要領を得ない話をしっかりと相槌をうちながら聞いてくれる。それだけでも、動揺が少し収まる気がした。

「――なるほど。それは大変でしたね」

つぐみが、長瀬のストーカー行為も含めて今朝までに起きたことをあらかた話し終えると、沢木はあっさりとした口調でそう言った。一瞬、軽く受け流されたように思えて不愉快になったが、沢木は平然と続けた。

「しかし、そこまで大変なことが起きると、それ以前の悩みが小さなことに思えてきてるんじゃありませんか」

「それはそうかもしれないですけど……」

「よかった。そうやってハードルを越えていくことで、人は強くなっていくんです。さて、気持ちを切り替えて目の前の問題を解決する方法を、一緒に考えましょう」

簡単に言われて、つぐみはどこか拍子抜けすると同時に、なぜだかまた少し動揺が和らいだ気がした。もしかすると沢木の淡々とした態度は、事の重大さをわかっているからこその配慮だったのかもしれないと、なんとなく思えたからだ。

「どうすればいいんでしょう、わたし」

「もちろん、警察に連絡すべきです。そうすれば、カズトを名乗る人物の正体もわかるし、彼が本当に殺人を犯したのかどうかも、はっきりしますから」

「でも……」

それは正直、気が引けた。沢木にこれまでのカズトとの関わりを話すうちに、自分の中で彼が占めていた領域がいかに大きかったか、そのことをつくづく考えさせられたからだった。彼が自分の話を聞いてくれなかったら、とっくに手首を切っていたのではないかとさえ思えた。

もし長瀬を殺したのが本当にカズトだったとしても、つぐみのためを思ってしたことなのだ。やり方は間違っていたかもしれないが、カズトがつぐみを長瀬のストーカー行為から救い出すために、彼を手にかけたことは間違いない。

なのに、つぐみが警察に届けるようなことをしてしまって、それでいいのだろうか。と、そこまで考えて気がつく。

ここまでの大事件が起きた今でもなお、つぐみはカズトに嫌悪感を抱けずにいるのだ。というよりもむしろ、カズトへの思いが強まったとさえいえるかもしれない。危険な相手だと恐れてはいるものの、彼が自分のためにもしかすると人生をかけてまで行動してくれたことへの、強い肯定的感情が抑えられなかった。

顔の見えない声も聞こえない仮想世界の話し相手に抱いていた、現実世界に実を結ばないことを前提とした恋愛感情が、カズトがつぐみのために起こした現実の事件をきっかけに、いっきに形を成してしまったのかもしれない。

怖いけれど、会ってみたいし話がしたい。

しょせんはネット越しの疑似恋愛でしかないと、どこか冷めた気持ちを抱えていたつぐみだったが、今はむしろカズトを身近に感じていた。自分のために彼が本当に過ちを犯してしまったのだとすれば、その思いに対して伝えたい気持ちがあった。そしてなんとかして、彼を救ってあげたいとさえ思い始めていたのである。

「わたしが警察に届けるのは、どうしてもできません。カズトが自分で警察に行くように説得させてください」

「それは難しいと思います」

沢木はきっぱりとした口調で言った。

「カズトなる人物は、私の推測が正しければまっとうな大人に向けた説得が通じる相手ではないはずだ」

「そんなことはないと思います。彼はすごく頭が良くて、支離滅裂なことをわたしが言っても、ちゃんと理解してくれて……」

「よく考えてみてください。あなたがストーカー行為に悩んでいる最中にも、彼はあなたを訪ねてこようとはしなかった。それはなぜだと思いますか」

「わかりません。見た目によほど自信がないとか……」

「だとしても、電話くらいはしてきてもおかしくない。以前伺った話では、彼はあなたの携帯の番号も知っているんでしょう」

最初に花束を送ってきた時の配送伝票には、つぐみの携帯番号が確かに書かれていた。

「それはそうですが……」

確かに不自然ではある。昼夜を問わずどんな時間でも、カズトはつぐみのツイートには必ず即座に返事を寄越す。ましてや、つぐみをストーカーから救うために殺人まで犯すほどの思いがあるなら、まず電話をかけるなり訪ねてくるなりするのが正しい順序だろう。

「彼の書き込みもすべて読ませてもらいましたが、非常に特徴的な人格の持ち主だと感じました」

「特徴的というのは？」

つぐみも普通ではないと感じてはいたが、心理分析の専門家がどう考えているか聞いてみたかった。

「ツイッターに残っていた彼の初期段階の書き込みを見る限りでは、幼児性が目立つ、自分勝手な人物像だと想像できます。せいぜい十代前半くらいの少年が、無理をして大人の振りをしているかのような印象でした」

それは、つぐみも感じていた。最初は本当にそうなのかと思っていた。しかし、この1カ月ほどは印象が変わってきていて、当初の純粋さは失わないままに、つぐみを包み込むような視線で支えてくれていた気がする。

そのことを伝えると、沢木は頷いて、

「おっしゃる通りだと思います。あなたとのツイートの交換を通じて、彼は少しずつ変わっていった。初期のツイートに見られた幼児性、若年者に独特の奔放で散漫な発言が減っていき、落ち着いた言葉選びを身につけてきていた。しかしそれはあくまでも、ツイッターの中だけでの振る舞いだと私は考えています。言い方を換えるなら、上手くお芝居をして大人の振りをしているにすぎない」

「つまり沢木先生は、カズトは子供だとお考えなんですね」

「はい。玉木さんとやりとりを始めたばかりの頃のツイートから判断すると、そう考えてまず間違いないかと思います」

「とてもそうは思えません。確かに最初は子供っぽい人だなって感じたけど……でも、今の彼はすごく大人で、わたしを……その……助けてくれたんです。親身になって話を聞いてくれて……」

『お芝居』という沢木の言葉に、悲しさが込み上げて思わず言葉を詰まらせる。

しかし沢木は、念を押すように繰り返した。

「お気持ちは理解できますが、カズトは恐らくまだ少年と言っていい年齢だと思います。ただ、非常に頭が良く学習能力も高い。情報収集にも長けていて、表現力もある。もちろん彼が私の予想通りの若年者であるなら、一見して大人びた発言の数々も、ほとんどが既成の文学や映画、ドラマなどからの借り物であるはずですが」

「だから、わたしに会いに来られなかった……そういうことなんでしょうか」

「そういうことだと思います」

「…………」

「ツイッターを通してのコミュニケーションだったからこそ、彼もあなたの年齢や好みに自分を上手く合わせて、関係を続けてこられたんでしょう。もしこれが、電話や音声チャットなどを通じた会話だったとしたら、2カ月にもわたって極端に年齢を偽り続けることはなかなかに難しい。たとえ声をうまくごまかせたとしても、会話につい出てしまう子供染みた思考パターンは、そう簡単に変えられるものではない。人間の思考というのは、長い経験の積み重ねによって作られた、高度なソフトウェアのようなものだ。言葉の習得一つとっても、幼少時から家族や友達相手に何百回、何千回と繰り返されてきた、数えきれない会話や体験の賜物なんです。単純なパソコン・ソフトのように、たやすくアップデートすることはできない」

沢木の冷徹な言葉に黙って耳を傾けながら、つぐみは別のことを考えていた。

カズトと初めてツイートを交わし合った時のことだった。

――君はどっちなの？　イルカから進化したの、それとも猿から？――

つぐみはイルカと答え、カズトはイルカが好きだと返してきた。

いつのまにか４０００往復を超えていた二人の間の１４０文字の囁き合いは、その一つ一つが宝物のように大切に思えていたのに。本当に沢木の言うように、カズトはまだ年端もいかない少年なのだろうか。そしてつぐみが彼にぶつけ続けた苦しみの吐露は、そんな少年に取り返しのつかない犯罪を起こさせてしまったというのだろうか。

ため息をついてうつむいたつぐみの様子に気づいたのか、沢木はカズトの人物像を描き出すのを止めて、結論を急いだ。

「ともかく、長瀬氏を殺したのがそのカズトを名乗る人物だとしたら、警察はすぐに彼を捕まえられるはずです。ツイッターを運営している会社のサーバには、ユーザーがインターネットにどこから繋いでいるかという情報がすべて記録されている。いわゆるＩＰアドレスというものが残っていて、それがわかればプロバイダー、つまりネット接続業者を通じて個人を特定できます」

「ネットカフェとか漫画喫茶から接続してた場合もですか」

カズトが少年だとすれば、深夜にそんな場所にいたとは思えないが、念のために尋ねた。

「多少は遠回りをするでしょうが、最近はネットカフェや漫画喫茶も、犯罪防止のために身分証明なしには入れないようになってますから、遅かれ早かれわかるはずです」

「そうですか……」

「玉木さんさえよろしければ、私のほうから警察に事情を話しましょうか」

「いいえ――」

気持ちを慮(おもんぱか)って申し出てくれた沢木に、つぐみは小さく首を振った。

「大丈夫です。わたしが自分で警察に電話します。そのほうがいいと思います」

涙がこぼれ、頬を伝った。

「お願いします」

沢木は、済まなそうに頭を下げた。

## 13

警察は思ったよりずっと早く、つぐみのワンルームにやってきた。電話をしてから、それこそ1時間もかからずに、私服のこわもて刑事二人と、コンピュータ犯罪の専門家だという眼鏡をかけた小太りの男がやってきた。藤谷(ふじたに)と名乗った小太りの差し出した名刺には、『サイバー捜査官』という仰々しい肩書が記されていた。

石川（いしかわ）という年かさの刑事は、警視庁捜査一課に所属する警部補だという。名刺を出して自己紹介する沢木を、警戒しているとわかる鋭い目でじっと見つめたのち、無理やりの笑顔でつぐみに向かって頭を下げた。

「それじゃ、ちょっとあがらせていただきます」

靴を揃えて脱ぎ、他の二人も部屋にあがるように顎で促す。もう一人の若い刑事はいちおう頭を下げて愛想笑いを見せたが、サイバー捜査官は、仏頂面で不躾（ぶしつけ）に部屋を見渡し、黙って靴を脱ぎ捨ててあがり込んだ。

沢木と二人でいても狭く感じたワンルームに、大男の若い刑事と小柄だががっちりとした石川、それに小太りのサイバー捜査官が加わって、計5人の男女がひしめき合うことになった。居たたまれずにつぐみがキッチンに立って、インスタントコーヒーを淹れるためにお湯を沸かし始めると、石川は、

「おかまいなく」

と言って、さげていた鞄から飲みかけのペットボトル入りコーヒーを出した。

しかし、他の二人は特に自前で飲み物を持ち込んだ様子もなく、沢木もいるのでコーヒーの準備を続ける。すると石川は今度は止めようとせずに、

「このパソコンで、いつもネットに繋いでらっしゃるわけですね」

と言って、小さなローテーブルに置かれたノートパソコンの前に座り込んだ。

石川に続いて残る二人も、狭いテーブルの前に無理やり座る。

身の置き場のない沢木は、押し退けられてベッドの上に腰を下ろし、

「そのようです」

と、つぐみの代わりに答えた。

そんな沢木を、刑事二人が不愉快そうに一瞥したので、つぐみはフォローのつもりで口を挟んだ。

「沢木先生には、事情を全部聞いていただいてますので。会社に行けなくなってから、ずっとお世話になってるカウンセラーの先生なんです。不安になると体調がおかしくなるので、先生に一緒にいていただいてよろしいですか」

警察官3人とこの狭い部屋で過ごすくらいなら、少し狭くなっても沢木にいてもらったほうが気が楽だった。

「ええ、かまいませんよ。そちらでよろしいですか、沢木先生」

石川刑事が首だけで振り返って、本当は迷惑なんだと言わんばかりに問いかけると、沢木はベッドの上に座ったままで、

「そのテーブルの前に座るよりは、こっちのほうがずっと楽ですよ、刑事さん」

と、皮肉まじりの笑顔で答えた。

「このノートパソコン、触らせていただいてよろしいですか」

もごもごと口を小さく動かしながら、サイバー捜査官がつぐみに訊いてくる。

「ええ、どうぞご自由に。ツイッターにはログインしたままですから」

「じゃあ、ちょっとお借りしますんで」

と、端に座っている彼は、自分の前にパソコンを持ってくる。すると、繋いだままのマウスが動いたのか、透明なキューブのスクリーンセーバーが自動終了し、隠れていたブラウザが表示された。そこには、まだあの赤い薔薇の花の画像と、長瀬殺害を匂わすようなカズトのメッセージが開かれたままだった。

つぐみは、小声で何か意思交換している刑事たちを横目で見ながら、黙ってキッチンでコーヒーの準備をしていた。

やかんがコトコト震え始めるとすぐに火を止めて、てんでんばらばらのマグカップやコーヒーカップをトレーに載せたまま、インスタントコーヒーを淹れる。ペットボトルを持ち込んだ石川刑事の分も、いちおうカップを用意して、やや少なめにお湯を注いだ。

石川刑事との打ち合わせを終えたサイバー捜査官が、つぐみのパソコンの脇に自分が持ってきたモバイルパソコンを並べて置き、なにやら作業を始めた。

手持ち無沙汰の刑事二人は、つぐみの淹れたインスタントコーヒーを、小さく頭を下げて受け取って、同時に一口啜った。

「ところで、玉木さん」

石川が事情聴取の口火を切った。

「今のうちに詳しいお話を伺ってよろしいですかな」

つぐみは、そう答えて3人の警察官の向かい側に座った。

石川は何度も頷くと、大きな体を縮めて隣に座っている若い刑事に目で合図しメモの用意をさせて、

「まずは、あなたがツイッターでコンタクトを取られている、昨夜の殺人事件の容疑者と思われる人物と、いつどうやってお知り合いになられたのか、そこからお聞かせねがえますか」

急に低くなった彼の声を聞いて、ようやく石川が、110番から繋いでもらって話をした刑事だと気づいた。その時に電話で話したのは、自分は長瀬保にストーキングを受けていた者で、ツイッターを通じて知り合った人物が、昨夜遅くに長瀬が殺された直後に、その犯行を匂わすような書き込みをしていた、という事実だけだった。

つぐみがより詳しい事情を話している間、二人の刑事たちは時折揃って小さく頷くだけで、黙ってメモもとらずに聞いていた。サイバー捜査官は、それは自分の領分ではないと言わんばかりに、つぐみの話に関心を示さずに黙々とパソコンを操作していた。

つぐみがすべてを話し終える前に、サイバー捜査官は作業を終えてコーヒーを啜り始めた。それに気づいた若い刑事が小声で合図すると、石川はつぐみの話を途中で止めて、

「いったんよろしいですか。おおよその事情はわかりましたので、玉木さんにお願いしたいことがあります」

「なんでしょうか」

刑事たちに問い返す。

「お話しした通りわたしは、カズトがどこの誰なのかも知りませんし、何も協力なんかできませんけど……」

逃げ出したいような気持ちになり、つっけんどんに答えると、石川は赤く斑の浮いた掌をつぐみに向けて、

「いやいや、それはわかっております。玉木さんには、いつも通りにツイッターで、そのカズトなる人物を呼び出していただくだけでよろしいんですよ」

「ツイッターで？」

「ええ。これは捜査上の機密事項ですので、口外はされないようにお願いしたいのですが——」

と石川は、背後の沢木とつぐみを見比べるようにしながら前置きして、警察がすでに朝9時頃には複数のツイッターユーザーから110番通報を受け、つぐみとカズトのやりとりが昨夜の事件と関わりがある可能性を把握していたこと、ただちにサーバに残っていたデータの提供を受けて、IPアドレスから特定できた人物の自宅に、捜査員が踏み込んだことなどを話した。

「じゃあ、もうカズトは捕まったんですか」

胸の奥に、硬いものでも飲み込んだような痛みが込み上げた。

カズトが捕まっていたというのか。毎日、つぐみの苦境に付き合って、一緒に悲しんだり怒ったりしてくれたカズトが。つぐみのために長瀬を殺したせいで。

「いえ、残念ながらその人物は犯人ではありませんでした」

石川は厳しそうに眉を寄せた。

「どういうことですか、石川刑事」

ベッドに腰掛けている沢木が、ふいに口を挟んだ。

「カズトが犯人じゃなかったということですか、それとも……」

「通信記録から突き止めた人物が、ツイッターでカズトを名乗っていた者ではなかったということですよ、先生」

石川に目で促されて、サイバー捜査官の藤谷が答えた。

「他人のパソコンを踏み台にしてツイートをしていた、そういうことですか」

「お詳しいようで」

藤谷は、口の片端を吊り上げて笑い、書棚に数冊あるプログラムの専門書を横目で見ながら、

「玉木さんもパソコンについてはよくご存じなんですか」

と訊いてくる。

「いえ。あの本は飾りみたいなものですから」

「そうですか――」

サイバー捜査官は時折つぐみの表情を窺いながら、おそらくは捜査一課の二人のことも気遣って、精一杯わかりやすく事情を説明していった。

「サーバなどに不正侵入を繰り返す悪意のあるハッカーをクラッカーと呼ぶのですが、そういう連中は自分の正体を隠すために、他人のパソコンなどを踏み台として利用して、間接的にターゲ

ットに侵入するんです。セキュリティの甘い常時接続のパソコンは、不正侵入の餌食ですからね。ファイヤーウォールどころかセキュリティソフトもろくに入れずに、インターネットに昼も夜も繋ぎっぱなしにするなんざ、犯罪に加担してるようなもんです。カズトが踏み台に使っていたパソコンの持ち主も、ウイニーなどのいわゆるファイル共有ソフトで不正なファイルを収集するために、専用のパソコンを常時接続のままいい加減に放置してたようで、カズト以外にも、複数のクラッカーに乗っ取られ、踏み台にされていました」

藤谷によれば、おそらくカズトは凄腕のクラッカーで、ツイッターに接続する際にいくつかの踏み台パソコンを使っていて、警察が踏み込んだ人物はその中の一つのユーザーにすぎないのだろうとのことだった。

「ちょっと待ってください」

沢木が、放っておくといつまでもしゃべっていそうな藤谷の話に割り込んだ。

「仮にカズトがクラッカーだとして、なぜツイッターに入る時にまで、踏み台を使ったんですか。その時点ではまだ、自分が殺人を犯すことになるなんて、思ってもみなかったはずだ」

藤谷は、そのくらいの反論は想定済みだと言いたげに、また口の片端を吊り上げた。

「たぶん餌食にする相手をツイッターで探していたんでしょう」

「餌食って、どういう意味ですか」

悪意に満ちた藤谷の言い方に、つぐみは思わず身をのり出した。

「失礼。詐欺などの犯罪のターゲットを探していたということです」

と、藤谷はつぐみに一応の気遣いを見せ、しかし冷徹に彼が想像しているカズトの正体について話しだした。

「彼はおそらく匿名で複数のツイッター・アカウントを取得していて、それを使ってツイッターを始めたばかりの初心者に片っ端からコンタクトを試みていたに違いない。リアクションをしてきた相手と親しくなっていき、最終的にはなんらかの方法で個人を特定して、詐欺などの犯罪のターゲットとして利用し荒稼ぎをするためです。だから、最初から正体を隠すために踏み台のパソコンを通してツイッター・アカウントを取得して、接続していたんでしょう」

カズトが元々犯罪者だったという彼の主張に、つぐみはたやすく同意する気持ちにはなれなかった。しかし、カズトが最初からつぐみの住所や携帯の番号を知っていたのは事実で、未だに答えのわからない不思議な出来事ではある。藤谷の言うようなクラッカーなる人種なら、そういうことも可能なのだろうか。

ネットでショッピングをする際に入力した住所や携帯番号が、パソコンの中に残っていることもあるらしいというのは、つぐみも聞いた覚えがあった。何らかの方法でツイッター越しにつぐみのパソコンに不正侵入して、その個人情報を抜き取ることも、相手が凄腕のクラッカーならできるのかもしれない。

そんな質問を藤谷にしてみると、彼は苦笑いをして口ごもった。

「それは捕まえてみないとわかりませんね。ハッキングの技術というのは日進月歩だし、ツイッター経由で繋がってる相手のパソコンに侵入することも、まったく不可能とは思えません。まあ、私にはそこまでの芸当はできませんが」

「でも、なんとなくできちゃいそうですよね。だって、ツイッターのホーム画面を開けてると、フォローしている誰かのツイートや自分宛ての書き込みが入るたびに、知らせてくれるじゃないですか」

藤谷の前にある自分のパソコンを覗き込むと、ちょうどブラウザでツイッターのホーム画面が開いている。『ホーム』と書かれた部分の下に、『新しいツイートが1件あります』と表示されていた。

「ええ、ツイッターにログインした時に、向こうから送られてくるちょっとしたプログラムが、こちらのパソコンに組み込まれてしまうんですよ。するとブラウザを介してこのパソコンとツイッターのシステムが、勝手に情報をやりとりしだすわけです」

「わたし、あんまりパソコンのこと詳しくないんですけど、あれってなんかちょっと気味が悪いです。勝手に侵入されて、パソコンを遠くから動かされてるみたいな気がして……」

「そんなこと言ってたら、今は何もできませんよ。ソーシャル・ゲームってやったことありますか」

「ええ。グリーとかミクシィとかで流行ってる……」

「そう。あれなんかは、ゲームのソフト本体はサービス提供企業のサーバにあって、ゲームを立ち上げる度に、向こうに預けてあるデータと一緒にソフトをネット経由で読み込んでるわけです」

何を脱線しているんだ、という顔の捜査一課員二人を尻目に、藤谷は『おたく』ぶりを発揮して続ける。

「これまでの普通のコンピュータ・ゲームは、パソコンの中にインストールしたソフトウェアだけで画像を処理したりしていたわけですが、ソーシャル・ゲームではネットワーク上の複数のコンピュータが、個人のパソコンと連携して大きな一つのコンピュータみたいに、データ処理を行うんですよ。だからゲーム内のイベントが自動的にユーザーのパソコンに伝わったり、ユーザーが何か作業をしてそのままネットを切ってしまっても、あとでアプリを立ち上げるとちゃんとやったことが反映されているでしょう」

彼なりに精一杯わかりやすく話しているのだろうけれど、つぐみには細かい理屈はよくわからなかった。しかし、ツイッター越しに自分とカズトが繋がっているのだということだけは、漠然と理解できた。

「いわゆる、『クラウド・コンピューティング』ですね」

沢木が口を挟んだ。彼には、サイバー捜査官の小難しい講釈が、理解できているらしい。

彼の口にした『クラウド』という言葉に、『LONESOMECLOUD』――孤独な雲というカズトのユーザー名を思い浮かべる。

空を見上げると彼方に見える雲。

どこかから同じその雲を眺めている、カズト。

独り暮らしの部屋から。あるいは、パソコンがずらりと並んだオフィスの窓から。

彼は今も、つぐみの囁きを待って、パソコンの窓を見つめているのだろうか。

そんなことを思いながら、自分のパソコンの画面を見ていて、ふと気づく。

「あの……刑事さん。この『新しいツイート』って、もしかしたら……」

「えっ」

藤谷がパソコンの画面を見て、慌てた様子でマウスを手にする。

「そうか。うっかりしてた。玉木さんがフォローしてるのは、今はもうカズト一人だけでしたね。ということはこれは……」

クリックすると、タイムラインにカズトのツイートが現れた。

「ニュースを観たかい、つぐみ。長瀬はもう君のところには来ない」

## 14

カズトのツイートを見て色めき立った二人の刑事が、藤谷を押し退けるようにしてパソコンを引き寄せた。

「来たぞ、藤谷君。カズトだ。長瀬のことを言ってる」

石川は興奮に声をうわずらせた。

「玉木さん、すぐに書き込みをしてください。カズトにもっとツイートをさせてほしい」

「そうすると、どうなるんですか」

躊躇（ためら）っているつぐみを、若いほうの刑事が力ずくでパソコンの前に座らせる。

「どこから接続しているか、すぐに探知するように手筈を整えてあります」

藤谷は、つぐみのパソコンから離れて自分のノートパソコンに向かいながら、

「また踏み台を使っているかもしれませんが、前のように日本国内なら大急ぎでそれをまず特定して、現地のサイバー捜査官が訪ねていって、痕跡を探し出して元をたどります」

「海外からだったら？」

沢木が訊くと、石川が小さく舌打ちした。

「その場合は難しいですな。ただ、現地の警察に協力してもらって、踏み台のパソコンにもし痕跡が残っているなら、そこから地道にやっていくしかない」

「痕跡なら、前に踏み込んだ人物のパソコンにもあったはずでしょう。それはどうだったんです」

「残念ながらきれいに消されてました」

と、藤谷が石川に代わって答えた。

「しかし、アクセスの真っ最中なら、必ず痕跡を手に入れられる。複数の踏み台を使うにしても、せいぜい2台か3台だ。すべて国内でやっていれば、追跡して捕まえられるかもしれない」

「雲を摑むような話ですね、文字通り」

「つまらん冗談を言わんでください。人が一人殺されているんですよ」

石川は不快そうに眉を寄せた。

そんなやりとりの間に、つぐみはパソコンのキーボードを叩いて、カズトに向けたツイートを書き始めた。

いざツイートを始めてみると、ネットの向こうに息をひそめている、すでに6万人にも膨れ上がったフォロワー、つまりは野次馬たちの視線を感じて身震いがした。カズトの書き込みがあったことはきっと、気づいた大勢のユーザーが知り合いや自分のフォロワーに伝えて、爆発的に拡がっているに違いない。ツイッターの書き込みは、IDさえわかれば登録ユーザーでなくても読めるから、ほんの数分前に行われたカズトの書き込みは、もう6万人どころではない、想像もつかない数の見知らぬ誰かが読んでいることだろう。

不安を和らげるためにアクリル・キューブを膝に抱えて、少し震える指先でキーボードを叩くと、だんだんと気持ちが普段の自分に近づいていく。いつものようにカズトが身近にいるように感じられてきて、彼に伝えなくてはならないこと、彼に訊かなくてはならないことが頭の中に溢れる。

なんとかしてその一つでもまず、拾い上げて140文字以内のツイートにまとめようと、キーボードを叩き始めた。

「カズト、やっぱりあなたがしたことだったの？　そうだとしたらごめんなさい。あなたにあんなことをさせてしまって。まさかこんなことになるなんて、想像してもいなかったけれど、私はすごく責任を感じています。どうか正直に罪を認めて出てきてください」

いざツイートしようとすると、緊張してしまい『あんな』や『こんな』ばかりのわかりにくく平凡な言葉しか出てこない。

117文字まで書いたところで、横から覗いていた石川が、

「これではまずいな。カズトが逃げ出してしまうかもしれない。もう少し、相手寄りの発言をしてみてくれませんか」

「相手寄りって?」

「つまり、カズトのしたことを真っ向から否定して出頭を促すような内容じゃなくて、多少は肩を持つというか、認めてあげて、相手の書き込みを促すようなですね……」

「そんなことはさせられませんよ、刑事さん」

沢木が横やりを入れた。

「玉木さんはツイッターの書き込みで、ほとんど個人が特定されてしまってる可能性があるんです。殺人犯かもしれない人物に同調するようなツイートをさせるわけにはいきません」

石川は憮然として、

「申し訳ないが、やってもらうしかないんです。そうでないと、人殺しを野放しにすることになるんだ。その書き込みが玉木さんの本意でないことは、後から警察がきちんと説明して、マスコミにも喧伝させます。だから協力をお願いしたい」

「いいや、だめだ。石川刑事、あなたはわかっていない。インターネットの危険性がまるで認識できてない。そんなマネをしたら、玉木さんは袋叩きにされますよ」

「だから後で新聞やらテレビで……」

「後で何を言い訳したって、彼女の発言はいろんな憶測や解釈を呼び集めて、長い間ネットの中を彷徨い続けることになるんだ。ワールド・ワイド・ウェブは世界中を包む蜘蛛の巣の意味だ。搦め捕られたら逃げられなくなる。彼女のカウンセラーとして、ぜったいに容認できません」

「いいんです、沢木先生」

二人のやりとりに割り込んで、つぐみは言った。

「わたしにも責任はあると思うし、逃げたくないんです、彼から」

「逃げたくないというのは、どういう意味ですか」

沢木に訊かれてきっぱりと答える。

「わたしは、カズトが好きなんです。今はそれが、自分でもはっきりわかるの。カズトのおかげで、この1カ月は生きてこられた。カズトがいなかったら、本当に死んでたかもしれないんです。そんなあの人が、わたしを助けるために長瀬を殺したんだとすれば、逃げるわけにはいきません」

「よく言ってくださいました、玉木さん」

石川は手を叩いた。

「さっそくですが、だいたいさっきお願いした要領で書き込みをしてみてください。カズトが話に乗ってきたら、なるべく長く彼が会話を続けるように工夫していただきたい。横で我々がアドバイスしますので」

「はい、やってみます」

もう一度、パソコンに向かう。

「さきほどの書き込みの接続先がわかりました」

キッチンに立ってどこかに電話をかけていた藤谷が、わめきたてる。

「やりましたよ、石川さん。日本国内のプロバイダー経由です。IPアドレスで大阪市内の集合住宅からの接続と判明したようなので、すぐにあちらで待機してくれてる府警のチームを向かわせます」

「任せるから、ちょっと静かにしててくれ」

石川は、斑の浮いた掌を藤谷に向けた。

そのやりとりを横目に見ながら、つぐみはキーボードを叩く。

「ありがとう、カズト」

そう書き込んで、マウスで『ツイート・ボタン』をクリックした。

背後で沢木が、小さくため息をついた。

15

カズトへの感謝の気持ちを書き込んだとたんに、ツイッターの画面が揺れたような気がした。

たぶん錯覚なのだろうけれど、確かに揺れても不思議ではないようなことが、ネットの向こうで起きていたのかもしれない。何万人、いやもしかしたら10万人に近い数の視線が、このつぐみのツイートを追いかけているに違いないからだ。そしてきっと、たった今のつぐみの書き込みに対して、無数のリツイートがツイッターユーザーの間を駆けめぐっているのだろう。

　自分は何を言われているのだろうかと考える。

　不倫相手を逆恨みして、ツイッターで知り合った男を焚きつけて殺させた悪女。ツイッター以外のメールなどのやりとりで、長瀬を殺すように依頼していたのではないか。そんなことを言いだす者もいるかもしれない。

　憶測が憶測を呼び、悪意はエスカレートしていく。そして巻き込まれた個人は、蜘蛛の糸に捕まった哀れな虫けらのように、蹂躙（じゅうりん）された挙げ句に干からびた骸（むくろ）はいつまでも晒されることになる。それがインターネットの世界なのだということは、日々ネット漬けで暮らしていたつぐみにもよくわかっていた。

　口の中に湧き出る唾を飲み込んで、またツイートする。

「もしあのまま長瀬にストーキングをされ続けてたら、わたしはもう生きていけなかったかもしれない。カズトが助けてくれたのね」

　思い切ってまた感謝の言葉を書き込むと、胸に熱いものがこみあげた。堰（せき）を切ったように、カズトへの気持ちが溢れだす。何万人もの目が、自分とカズトのやりとりを注視している。ここに書き込んだことは、彼ら全員に伝わる。嘘も真実も、すべて同じ説得力を持って。

　だったら嘘はつきたくない。

　そう思った。

優しく髪を撫でられたみたいに、肩の力が抜ける。

「カズトには、たくさん励まされたね。長瀬につけ回されてた時はもちろん、その前からずっとずっと」

刑事に頼まれて始めたことではあったけれど、それらの言葉はすべて、つぐみの嘘偽りない心の声だった。

「初めてツイッターでからんできてくれた時のこと、今もよく憶えてるよ。初対面のわたしに、祖先は猿なのかイルカなのかなんて訊いてきて。失礼なやつだったね。もしかしたらずっと年下の男の子なのかもしれないって思ったけど、今は年上の人みたいに、わたしのことを支えてくれてる」

つぐみのツイートに反応して、タイムラインの上部に新しいツイートがあると表示される。ブラウザを再読み込み(リロード)すると、カズトからの返事がタイムラインに現れた。

「よかった、返事をくれて。あんなことをしたから、もしかしたら怖がられて二度と来てくれないかと思ってたんだ。それでもかまわないから、君を救いたかった」

カズトのツイートを見ると藤谷はまた立ち上がってキッチンに行き、携帯を掌で隠すようにしてせわしなく指示を出し始めた。石川と若い連れの刑事は、つぐみの両脇に陣取って成り行きにじっと目を凝らしているし、背後では沢木も立ったままでパソコン画面を見下ろしているが、ツイートを続けるうちにだんだんそれらも気にならなくなる。

「二度と来ないなんて、そんなはずないよ、カズト。わたしのほうこそ、ずっと話したかったの」

嘘ではなかった。たとえカズトが長瀬を殺した犯人だとしても、それはつぐみのためにしたことだ。こんな衆人環視の場で話すことではないにせよ、彼のその思いをどう受け止めているかは、伝えておきたかった。

「ありがとう。わたしのために」

長瀬を殺してくれて、とは書かなかった。長瀬を殺したことに感謝の気持ちを抱いているわけではなかったからだ。

殺人までして、長瀬のストーカー行為を止めてほしかったわけではない。そんな極端な行動に出る前に、たとえばこのマンションにカズトが訪ねてきてくれたら、どうだっただろう。

つぐみがカズトと会うことさえできていたら、もっと方法はあったはずだ。たとえば二人が結ばれることがあれば、彼はつぐみの恋人として、堂々と長瀬と対峙(たいじ)できただろう。

カズトのしたことは、過ちであることに変わりはない。その過ちが、つぐみをインターネットの世界で晒し者にしてしまったことも確かだ。

それでも、彼を恨む気持ちにはどうしてもなれない。

むしろ、愛しさは募るばかりなのだ。

馬鹿げてると理性ではわかっていながら、彼を求める気持ちは止められなかった。

衆人環視だと思えばこそ、伝えられることがある気がした。言葉だけで誰かに気持ちを伝えるのは難しいけれど、言葉に出さなければ自分にさえも伝わらない。

「カズト、愛してる」

短いツイートだった。だけど、そこに本当の気持ちを込めたつもりだった。今ここにいる刑事たちには、まったく別の意味を持って捉えられただろうけれど、カズトには心からの言葉だと伝わったはずだ。なぜかそういう確信があった。

大きく息を吸い込んでいるような短い間を置いて、返事が書き込まれた。

「僕も愛してるよ、つぐみ」

その言葉の真摯さも、つぐみには伝わってきた。それだけに、このツイートが元で彼が警察に捕らえられるかもしれないという事実を、教えられないのが辛かった。

それはできない。彼のためにも、犯した罪は償うべきなのだから。

返事ができずにいると、1分ほどしてカズトからの書き込みがあった。

「愛してる証に、ストーカーに苦しんだ君のことを中傷してる卑怯なやつらを、片っ端から懲らしめてやるつもりだ。しばらくツイートできないけど、待っててほしい。花は、ちゃんと贈るよ」

そう言ったきり、カズトからのツイートは途絶えた。

つぐみが呼びかけても、もう返事はなかった。何かが起こりそうな気がして、沢木と刑事たちに尋ねた。

「どういう意味でしょうか。わたしのことを中傷してる人たちって、誰のこと?」

「さあ……」

石川刑事は首をひねって、背後に立つ沢木を見た。

「ツイッターで玉木さんのことを悪く言ってる連中って意味でしょうか」

沢木が言った。それはわかる気がした。いつのまにか8万人を超えているフォロワーの中には、つぐみを共犯扱いしている者もいるに違いない。ましてや今、そう取られても仕方ないようなツイートをしてしまったのだから。

つぐみはそんな彼らのツイートを見ないようにすることで、自己防衛をしているつもりだったが、カズトは目を通していたに違いない。それにしても、『懲らしめる』というのはどういう意味なのか。

「藤谷君、どうだった。カズトの正体は摑めたか」

石川が訊くと、藤谷は携帯を耳に当てたままで通話口だけ押さえて答えた。

「いえ、まだです。二つ目の踏み台までは突き止めたんですが、そこから先は追跡不可能でした」

「痕跡を消して逃げたということか」

「いや、それとも違うんです。説明が難しいんですが……わかりやすく言えば、パソコンの住所に当たるＩＰアドレスというものがありまして、それが数秒ごとに目まぐるしく変わって、追いきれないような状況で……」

「なんだそれは」

「はあ……正直、何がなんだか私もさっぱり……こんなことは初めてです」

「ともかくだめだったってことか」

石川はパソコンの載っているローテーブルを拳で叩いた。その衝撃でマウスが動き、ポインタがカズトのツイートの上に飛んだ。『懲らしめてやるつもりだ』と書かれた部分を白い矢印が指している。これからやるぞ、というカズトの意思表示のように思えて、つぐみは少し怖くなった。

「何をするつもりなの、カズト」

そう書き込んで、ツイートしようとマウスを握った時だった。

「なんだこれは！」

自分のパソコンでツイッターを開けて操作していた藤谷が、素っ頓狂な声を上げた。

16

「ツイッターが狂った。めちゃくちゃになってる！」

藤谷は、慌てふためいてキーボードを叩きだす。

「どうした。何がめちゃくちゃなんだ」

石川が藤谷の肩を摑んで問いかけた。

「何もかもです。勝手にツイートを始めて、ああっ、どんどんおかしくなる！」

見ると、確かにツイッターが発狂したかのような状況に陥っていた。意味のわからないツイートやリツイートが連続でなされ、必死で終了させようと試みるがブラウザや様々なソフトが勝手に立ち上がり、収拾のつかない状況に陥っているのが傍(はた)で見ていてもわかった。

パソコンに負荷がかかったのか、とうとう冷却ファンが異常な音をたてて回り始める。そこに至ってようやく、藤谷はパソコンの電源を無理やり切断して吐き捨てた。

「やられた。ウイルスだ」

どうやらコンピュータ・ウイルスに感染したらしい。

「何がどうなったんだ、藤谷君。俺にもわかるように説明しろ」

石川に言われて、パソコンの再起動を試みながら藤谷は、

「ツイッターで玉木さんとカズトのやりとりを読んでいたら、急に暴走したんです」

と、左手で薄くなりかけている頭をガリガリと掻きむしり、何度もため息をついた。ネット犯罪の専門家だけに、自分がウイルスに感染したことにショックを受けたのだろう。

「おそらくカズトの仕業でしょう。ツイッターのセキュリティ・ホールを突(つ)いてウイルスをばらまいた可能性があります。カズトの予告めいたツイートの通りに、玉木さんのアカウントにフォローを入れてるユーザーが、片っ端からやられたとしたら大変なことだ。今頃、みんな大騒ぎになってますよ」

「なんてやつだ……」

コンピュータ犯罪には、つぐみ以上に詳しくなさそうな石川だったが、さすがに事の重大さを理解したようで、対策を講じるつもりなのか、携帯を取り出してどこかにかけながらマンションの外に飛び出していった。

残された若い刑事もこの手の犯罪には詳しくなさそうで、藤谷がパソコンを再起動させているのを脇で居心地悪そうに見ているだけである。

「懲らしめるというのは、ウイルスをばらまいてパソコンをおかしくすることなんですか？」

つぐみは、小声で沢木に尋ねた。

「たぶんそうでしょう。ただ、感染させられたウイルスによっては、とんでもない事態が起こることもある」

沢木は、つぐみのパソコンに横から手を伸ばし、USBポートに繋いだマウスでなく本体のトラックパッドを使って、いったんは閉じたブラウザを起動させた。

「玉木さんのアカウントにログインしてもらえますか」

「大丈夫なんですか。ウイルスに感染したりしないの？」

「それは大丈夫でしょう。カズトという人物は、本当にあなたを大事に思っているようだ。だから、あなたのアカウントにアクセスしてくる他人だけをターゲットにして、ウイルスをばらまいているんだと思います」

そう言われて、つぐみはこわごわとツイッターにログインしてみた。沢木の言う通り、タイムラインには何事もなかったかのように、つぐみとカズトのツイートが整然と並んでいた。

「これでいいですか、沢木先生」

「ええ。ありがとう。ちょっと借ります」

つぐみに代わってパソコンの前に座り、今度はマウスを握る。

「思った通りだ。このパソコンからだと、どこで何をしようとも、ウイルスからは完全に隔離された状態が保てる。あらかじめあなたのパソコンにだけ、ウイルスのワクチン・プログラムをこっそりインストールしておいたのかもしれないな」

カズトとツイートを交わしているわずかの間に、彼はつぐみのパソコンに侵入して、ワクチンを残していたということになる。それだけの離れ業ができるなら、最初に彼とツイートをし合った翌朝、この自宅に大量の白い薔薇が送られてきたことも納得がいく。

ネットショップで買い物をした時に入力した個人情報が、ハードディスクに消えずに残っていたのだろう。いつのまにかつぐみのパソコンに侵入して、それをこっそり抜き取っておいたのだ。

常識的に考えると、それ自体も犯罪行為には違いない。好きになった相手の居所が知りたいと思うのは、さほど異常なことではないが、勝手に覗き見るとなると、まっとうな大人のすることではない。

確かに最初にツイートし合った時の彼の印象は、沢木も指摘していたように自分勝手で話が急に変わる子供のようだった。あの時の彼なら、そんなマネをしても、少しも不思議ではない気がする。

ただ、それがサイバー捜査官が言っていたような犯罪目的の不正侵入だったとは、つぐみにはどうしても思えなかった。

「やっぱりそうか。えらいことになってるぞ、こいつは……」

つぐみのアカウントでツイッターに接続して、なにやらあちこち見て回っていた沢木が、ひどく深刻そうにつぶやいた。

「どうしたんですか」

パソコン画面を覗き込んでくるつぐみに、沢木はツイッターと連動して画像などのデータをアップロードできるサイトを、次々に開いてみせた。

そこには、様々な写真や文書などが、大量にアップロードされていた。ありとあらゆるツイッター連動サイトに、無数のファイルが貼り付けられている。ファイルと共に、誰かの住所や電話番号などの個人情報も記されていた。

文書の中には企業や政府関係の団体の機密書類だと、一目でわかるものもあった。画像の多くはプライベートな写真などで、その中にはかなりの頻度で、女性の裸、さらには男女のセックスを撮影したものまでもが混じっていた。それらが、所有者個人を特定できる情報と一緒に、データを公開できるあらゆるサイトに無数にアップロードされていたのである。

「どうしよう……大変だ……」

ウイルスに感染した自分のノートパソコンを再起動させていた藤谷が、うめくような声をあげた。

「どうかされたんですか」

沢木が話しかけると、すがるような目で見て言った。

「パソコンの中身が抜き取られた形跡がある。暴露ウイルスだったんだ、さっきのは」

「何ですか、それ」

つぐみが尋ねた。聞いた覚えはある。たしか、ウイニーとかいうソフトが流行った時に、しばしばネット上でニュースになっていた。

「感染したパソコンのハードディスクから狙った画像ファイルやテキストを抜き取って、ファイル共有ネットワークやアップロードサイトにばらまく、悪質なウイルスです。このパソコンには、担当してるいろんな事件の捜査データが入ってたんだ。それがばらまかれたら、大変なことになる」

両手で薄い頭を激しく掻きむしりながら、藤谷は真っ青になってつぶやいた。

「おしまいだ。俺は……」

そのまま床に突っ伏して、子供のように泣きだした。

何が起こったのかよくわかっていないらしい若い刑事は、おろおろしながらそんな藤谷のありさまを見ているだけだった。

つぐみのフォロワー、つまりカズトとのやりとりを覗き見ていた野次馬たちの数は、ウイルスがばらまかれた時点で8万人に達していた。それ以外にも、つぐみのページにアクセスしていた者は相当にいたはずだ。彼らすべてが、このウイルスに感染したとしたら、大変な人数になる。それこそ10万人ではきかないだろう。

それだけのユーザーの個人情報やプライバシーが、インターネット上に晒されているのだとしたら。

カズトが書き込んだ『懲らしめる』という言葉の意味が、自らも無数の見えざる群衆の好奇に晒されているつぐみには、痛いほどにわかったのだった。

## 17

ツイッターでばらまかれたウイルスによるデータ漏洩事件は、警察が手を回したせいなのか、テレビ、新聞、雑誌などの大手マスコミによる報道はまったくなされなかった。漏れたデータの中に、警察の機密文書が含まれていたことは、事件直後のサイバー捜査官の様子からもわかった。あるいは報道機関からの信用を失いかねないデータ流出も、大量にあったからなのかもしれないと、沢木は言っていた。

インターネットの匿名掲示板などには、この事件に関する書き込みが多数見られたが、その大半は自分たちのプライバシー漏洩被害をなんとかしてくい止められないかという、泣き言のような内容だった。普段から匿名で心ない噂や誹謗中傷の類を掲示板に書き込んでいるようなネットユーザーほど、今回の事件で被害を受けたに違いないから、他人の失敗を笑ったり被害をわざと拡げたりする余裕は、彼らにもなかったのかもしれない。

ウイルス騒ぎの火消しに躍起になる警察は、カズトの犯行と思われる事件に対するつぐみの肯定的なツイートが、サイバー捜査官が犯人をあぶり出すためにさせたことだったという事実を、公にするのを躊躇った。沢木は約束が違うと激怒したが、つぐみ自らが当面はその必要はないと言いだしたことで、彼も矛を収めざるを得なかった。

つぐみにしてみれば、カズトへの感謝の気持ちは心からのものであって、それを否定されるのは彼を傷つけることになると考えたのだった。

ただ、沢木はつぐみのその『譲歩』を楯にして、今後とも警察が捜査情報を提供するという約束を取り付けることに成功した。

なにより、腕利きのサイバー捜査官もまったく歯が立たなかったカズトの正体を明らかにするためには、警察の側もただ一人彼とコンタクトが取れるつぐみの協力が不可欠だったのだろう。

かくしてつぐみのマンションには、しばらくの間は常に遠目からの警察による監視がつくことになった。沢木はこの事件の捜査本部から、正式に心理学の専門家として協力依頼を受ける形となり、民間の捜査協力者としてカズトが盛んにツイートする午後8時から深夜0時までの間、石川刑事らと共につぐみの部屋が見える位置に停めたワゴン車の中に詰めて、パソコンでつぐみとカズトのツイートをチェックしながら近づく人間に目を光らせることになった。

警察は威信にかけてカズトを捕らえるべく、サイバー捜査官を増員し、民間のセキュリティ会社の技術者の協力も仰いで捜査にあたったが、1週間が過ぎても成果は得られなかった。沢木の話によれば、警察はツイッターを通じたつぐみと犯人のコンタクトを捜査の柱としながら、長瀬保殺害事件の目撃情報からも解決の糸口を探ろうとしているらしい。容疑者であるカズトが、想像を絶する実力を持つハッカーだとすれば、サイバー犯罪についてはまだ手の足りない警察にとって、昔ながらの聞き込み捜査に頼るほうが、むしろ期待できると考え始めているようだった。

その間も、唯一のカズトとの接点であるつぐみは、警察の依頼もあってそれまで以上に頻繁に彼とのツイートを続けていた。最初はさすがに、逐一入る石川刑事の指示が気になって、あまり会話も弾まずに苦労したが、3日もすると捜査のことは意識せずに、ツイッターに接続している間はカズトとの会話に集中できるようになった。

長瀬が殺されてから1週間後に、勤めていた会社には退職願いを提出した。警察の口添えもあって、会社側は休職扱いをあと1カ月続けてくれることになった。基本給はその間も受け取れるとはいえ、転職先をすぐに探さなくてはならなくなったため、昼間はそのための活動に時間を割いた。

インターネットの転職情報をチェックし、メールで応募できる会社に片っ端からエントリーをして、返事がすぐにあった会社には面接に行った。帰宅して夕食を済ませると、計ったようなタイミングで近くで待機している石川刑事から電話が入り、いつツイッターに繋ぐのかと訊かれる。そろそろだと返事をして、警察が置いていった無線機のスイッチを入れてヘッドセットをしてからパソコンを開く。そんな毎日だった。

一方、カズトとのやりとりには、日を追うごとに変化が表れてきていた。長瀬が殺されるまでのおよそ2カ月間は、たいていはつぐみの悩みを聞くことから会話が始まった。しかし今は、カズトが切り出すことがむしろ多くなってきている。とはいえ、強引に自分の考えをぶつけてくるような会話ではなく、きっかけになるのはつぐみに対する問いかけがほとんどだった。

二人のツイートをすべてチェックして、心理学者として分析している沢木の話では、彼がツイッター上で示している興味は、間接的にではあってもほとんどがつぐみに対して向けられていて、他の人間はすべて一塊の社会としてしか見られていないのだという。沢木の言葉を借りるなら、まるでカズトにとって、この世に女性、いや人間はつぐみしかいないかのようだった。

ある時、弾む会話の流れでつぐみが、最近洋服を買いに行っていないことを、愚痴っぽく話したことがあった。すると、カズトはつぐみのファッションの好みを事細かに訊いてきて、立て続けにネット上のファッション記事や通販ページの類を送りつけてきた。

これには沢木と石川も色めき立った。もし彼がネット通販でつぐみにプレゼントをするつもりなら、そこから新しい捜査の糸口が掴めるかもしれないと考えたのだ。

二人がツイッターで知り合った翌朝、つぐみのマンションに大量の花が届いたことがあった。当然のことながら警察は、花を届けた店に当たって、誰がどんな形で注文をしたのかを調べた。しかし、花の代金はクレジットカードでも現金でもなく、電子マネー、つまりインターネット上でＩＤやパスワードなどを打ち込むことで決済できるシステムを利用して支払われていた。

しかもその電子マネーの購入もまた、別の電子マネーによって行われていて、それが幾度か繰り返されていたうえに、最終的にたどれた電子マネーは、コンビニでどこの誰とも知れない人間に買われたものだとわかった。この時点で、花からの追跡捜査は頓挫していたのである。

しかし、洋服やアクセサリを買うとなると、以前に買った電子マネーの残高などはたちまち使い尽くしてしまうだろう。そうなると、さすがに簡単に足のつく自分のクレジットカードを使うことはないにせよ、新たに電子マネーを手に入れてそこから決済することくらいは考えるかもしれない、というのが警察の狙いだった。

石川の指示にしたがって、つぐみはカズトに対して高価な服やアクセサリに興味がある素振りを見せた。そんなことをして嫌われてしまっては元も子もないと、石川や沢木に反論をしてみたが、沢木の判断ではそんなことで失望するほど、カズトのつぐみに対する思いは軽くないということで、結局は総額30万円を超えるようなプレゼントを、彼にねだるような形になってしまった。

4日後の朝、つぐみのマンションにはカズトからのたくさんのプレゼントが届いた。夏らしいミュールと流行りのガーリィなピンクのワンピース。それに凝ったコリージュのついた鍔広の華やかな帽子も、思っていたよりずっと高価な品が届いた。アクセサリに至っては、雑誌でしか見たことのないような高級ブランドのネックレスと指輪、それに合わせたブレスレットタイプの腕時計までが、いくつものショップから送られてきた。

どうしていいのかわからずに沢木と石川に尋ねてみると、ともかく身につけて感想をツイッターでカズトに伝えるようにと言われた。服とミュールと帽子はせっかくだから使うことにしたが、アクセサリや時計はあまりにも高価すぎて、自分が身につけるには気が引けた。いったん箱から出して並べてはみたものの、結局身につける勇気がなくて元通りにしまい込んでしまった。

18

よく晴れた日曜の朝に、カズトからもらったワンピースを着て、ミュールを履き帽子も被って外に出掛けた。おそらく石川と沢木が尾行してきているはずだったが、気にしないように振り返らず、マンションの前から駅に続く緩やかな坂を、まだ履き慣れないミュールで躓きそうになりながら上っていく。

長瀬のストーキングに悩まされげっそりと痩せていた頃とは別人のように体調も戻っていた。結果だけ見るならば、カズトが長瀬を殺したおかげで立ち直ったかのようにも思えるが、それはもちろんつぐみが望んだことではなかった。

コントラストの強い夏の影を純白のミュールで踏みながら歩くと、眩しそうに目を掌で覆いながら歩いてくる人々の視線が、指の間からこちらを覗き見ているように思えてやけに気になった。長瀬の事件のことで膨大な数のフォロワーに晒されたことを思い出し、道行く人がつぐみのことを知っているはずなどないのに、つい目を背けてしまう。

高価な服や帽子で着飾っている自分を、他人が責めているように思えてならなかった。ネットで知り合った男に元恋人を殺させて、あまつさえ貢ぎ物までもさせている悪女。そんな目で見られているような気がしたのだ。

夏の強い陽光に照らしだされる近所の町並みは、以前に苦悩のどん底にいた頃に窓から眺めたそれとは、まったく別の場所のようにポジティヴな力に満ちて見えた。雨が止むように心の鬱屈も晴れていた。そんな自分の精神状態からしてみても、結局はカズトが長瀬を殺したことによって救われてしまったのだと思うと、少しやけくそな気持ちになる。

何とでも言えばいい。どんな風にでも見ればいい。そんな連中は、カズトにめちゃくちゃにされてしまえ。自分をこの世で一番大切に思ってくれる、インターネットの怪物に蹂躙されてしまえばいいのだ。

ふとそんな乱暴なことを考えて、無理やり胸を張り早足に歩いて見せては、また弱気になって歩幅を縮める。愚かな自分、もっと愚かになってしまいかねない自分を戒めながら、帽子を目深に被ってうつむいてしまうのだった。

緩やかな坂を上り、ＪＲの駅が見えてくるとインターネットと書かれた看板が目に入る。漫画を読んだりインターネットのできるパソコンが置かれたカフェが、薬局と居酒屋の間のビルの３階にあった。ふと、カズトと話したくなり、石川と沢木がやや離れてついてきているのを承知で、ネットカフェに入っていく。

沢木たちは、きっと店内までは追いかけてはこないだろう。パソコンを持ってきているかどうかはわからないが、たしか沢木はｉＰｈｏｎｅを持っていたはずだ。つぐみのツイッターを見るだけなら、ｉＰｈｏｎｅはもちろん携帯からでもできる。それはつまり、マンションでツイートするのとなにも変わらないということだが、気分はずいぶんと違う気がした。警察に見張られていることを、意識しないで済みそうだからである。

日曜のネットカフェは学生でいっぱいだった。もっとも若いサラリーマンと学生の区別は、日曜になるとほとんどつかない。つぐみが子供だった頃は、もう少し区別がついたように思う。サラリーマンになると髪形などは、もう少し堅い感じにまとめるものだった気がするし、ましてや茶髪のサラリーマンなど、少なくともつぐみの実家のある静岡の田舎町では見かけなかった。

店内は壁もインテリアも薄いグリーンで統一されていて、レジの脇にある空気清浄機のような機械からは、森の木のような匂いの香料が漂い出ているようだったが、レジに立っている店員が吸う煙草の煙にほとんど紛れてしまっている。

　ビルのワンフロアを占める店内スペースの半分は、漫画本が収められた棚が占めていた。漫画喫茶とネットカフェの区別というのは、つぐみにはわからない。漫画喫茶という看板を掲げた店にも、たいていはインターネットを楽しむためのパソコンが並んでいるし、その逆の場合もこうしてある。

ただ、上京したばかりの頃に興味本位で何度か入った漫画喫茶もこのネットカフェも、たむろしている顔ぶれは似通っていて、暇をもてあましていそうな、どこか無気力な目をしている二十代から三十代前半にかけての男性が多かった。

　女性が朝っぱらから一人で来店することは珍しいのか、ソファで漫画雑誌を読んでいた若い男が、入店のための手続きをしているつぐみの表情を何度も覗き込む。またさきほどの妄想が頭をよぎり、思わず顔を背けてしまう。

「では、こちらをお持ちになって、番号の書かれたブースにお入りください」

モスグリーンのエプロンをした茶髪の男が、そう言ってパソコンの使用に必要なものを手渡す。

「ありがとうございます」

と頭を小さく下げて、つぐみは店内を見渡しながら、足早に自分に割り当てられた個室に向かった。

　個室に入るとすぐにパソコンを操作し、ツイッターに繋いだ。

「まだ朝だけど、話せる？　カズト」

　書き込むとすぐに返事があった。

「もちろん。僕はいつだって大丈夫だよ、つぐみ」

　とツイートがあって、さらに『新しいツイートが1件あります』と表示される。クリックすると、思わぬ書き込みが目に入った。

「今日はマンションからじゃなくて、ネットカフェからだね」

　なぜそんなことまでわかるのか不思議だったが、いつのまにかつぐみの住所を知っていたり、得体の知れないウイルスをばらまいて大騒ぎを起こしたことを思えば、たいしたことではない気もした。

「うん、そう。天気がいいから、カズトに貰った服を着て、ミュールも履いて出掛けたの」

　アクセサリのことには触れなかった。つけずに出掛けたことを、カズトに言うのは少しためらわれた。

「とてもよく似合ってるよ、つぐみ。ネックレスと時計は気に入らなかった？」

　そんなツイートが返ってきて、つぐみは驚いた。個室の扉を開けて、外を見回す。廊下には誰もいない。扉を開けたままで、手荷物だけ持ってソファのあるスペースまで出て行った。さほどソファに腰掛けて漫画雑誌を読んでいた若い男が、つぐみに気づいてまた視線を送ってくる。慌てて個室に戻りドアを閉じ、もう一度パソコンの前に座り直して、カズトに向けてツイートした。

「このネットカフェのどこかにいるの?」

　店に入った時に、入れ違いに出て行った男もいた。店内にはあのソファの男以外にも、少なくとも7、8人は客がいた気がする。ほとんどは漫画の棚をあさっていたが、中の一人は数冊の漫画と雑誌を抱えて、つぐみより先に個室に消えた。

　彼らの中の誰かが、カズトだったのだろうか。

　ふいにバッグの中の携帯が振動を始める。沢木か石川の着信ではないかとピンときたが、出なかった。もしどこかでカズトが自分を見ているとするなら、その会話も彼に聞かれるかもしれないと思った。

　電話は数秒で切れた。かけてきた人物もつぐみと同じことを思ったのだとすれば、やはり電話の主は沢木か石川だったに違いない。おそらく携帯か沢木のｉＰｈｏｎｅで今のカズトのツイートを読んで、慌てて電話をかけたのだろう。今頃はこのビルの階段を上がってきているかもしれない。

　緊張にマウスを握る手が震えた。掌に汗がにじみ出ているせいで、黒い艶消しのマウスが鈍く光って見えた。

　しかし、沢木たちの登場を待たずにカズトからは、拍子抜けのツイートが書き込まれた。

「そこにいるわけじゃないよ、つぐみ。ただ、見えてるだけだよ」

「見えてるって、どうやって見てるの?　ここにいないのに、わたしが見えるの?」

　思わず、壁や天井や床をぐるぐると見回してしまう。それを見て、カズトが笑っているような気がした。

「見えるよ。目の前にいる。ほら、一瞬こっちを見た」

そう指摘されてようやく気づいた。パソコンの液晶モニターの上に、小さなカメラらしきものがクリップで留めてあった。小型のＣＣＤカメラだ。それを通してつぐみのことを見ているらしい。

「このカメラで見てるの？　そんなことまでできるなんてびっくり」

心の底から驚いた。自宅マンションでなくネットカフェからツイートしているとわかっただけでもすごいのに、その店内のパソコンにセットされたカメラの映像まで見られてしまうなんて。警察や沢木が言っていたような、単なるハッカーなどという括（くく）りには収まらない、インターネットの世界における全能の神のようではないか。

驚きのままに、そんなツイートをすると、またカズトの笑い声が聞こえたような気がした。

「大げさだよ。僕は神様なんかじゃない。ただ、つぐみのことを見てみたかっただけだよ。君のパソコンの中に残ってた写真では見たことがあったけれど、こうやって話してる最中に目にするのは初めてだ」

「いやだ。なんだか恥ずかしい」

カメラを見ながら、ツイートする。青いＬＥＤランプの点灯するその小さなカメラが、カズトの目のように思える。

「すごく綺麗だよ、つぐみ」

その言葉に、胸がときめいた。彼が殺人を犯したなどという事実は、この瞬間はすっかり頭から飛んでしまっていた。

「ありがとう」

そう返事をすると、胸がちくりと痛んだ。今のつぐみは、警察の依頼を受け入れてカズトとのツイートを続けている立場だ。このネットカフェにも、もしかするとすでに刑事が現れていて、店内のどこかにカズトがいないかと見て回っているかもしれない。警察からすれば、パソコンにセットされたカメラからつぐみを見ているなどという話は、にわかには信じがたい荒唐無稽なまかせに思えるだろうから、まずはつぐみが尾行されていたと考えて、店内の個室を逐一チェックしているのではないだろうか。

「今度はあのアクセサリと時計もつけて、ここに来てほしいな。きっと君によく似合うと思うんだ」

「うん。わかった、そうしてみる」

「他に欲しいものがあったら、なんでも言ってくれ。できるかぎりの贈り物をしてあげたいんだ」

贈り物なんかいらない、と書こうとして手を止めた。警察はそれを手がかりにしようと考えている。自分に贈り物をしてくれたせいでカズトが警察に捕まることになってしまったら、正直な気持ちで言うとやりきれない。でも、殺人を犯した彼がこのまま捕まらずにいるのは、やはりいけないことなのだと、自分に言い聞かせた。

「ありがとう」

そうツイートするのが精一杯だった。

またバッグの中の携帯が振動した。おそらく沢木たちだろう。それとなくパソコンの周囲を探したが、マイクらしきものは見当たらない。

「ごめん、ちょっと用事があるの。いったん落ちるね」

と書き込むと、すぐに返事があった。

「また、ここに来て君を見ながら話せたら嬉しいんだけど」

「うん。じゃあそうする。バイバイ」

とツイートして、ブラウザを閉じた。

## 19

案の定、ネットカフェの出口で沢木と石川が待っていた。つぐみが出てきたのに気づくと、石川は携帯を切って近づいてきた。

「大丈夫ですか、玉木さん」

「大丈夫って、何がですか」

「気味が悪かったでしょう。カメラ越しにカズトに見られて」

「ああ……」

石川刑事にとっては、カズトはつぐみをつけ回すストーカーという認識なのだと、あらためて思った。

「別に、大丈夫です。それより、どうでしたか。あの店に彼らしき人はいましたか」

足早に立ち去る石川たちの後ろについていき、つぐみもビルのエレベータに乗り込む。

「いや、残念ながら。念のために、店内にいる者の会員情報だけコピーをとらせてもらいましたが、おそらく無駄でしょう。ということは――」

「本当にパソコンにセットされたCCDカメラで見てたってことになりますね」

沢木が口を挟んだ。エレベータのドアが開いて、ビルの外の光が飛び込んでくる。眩しさに目を細めているつぐみを、沢木は先にエレベータから降ろして、

「玉木さんが自分のマンションでなく、ネットカフェからツイッターに接続してることに気づいたところまではまだしも、そのネットカフェのパソコンに侵入してカメラの映像まで覗き見るというのは……。いったい何をどうすればそんな離れ業ができるのか、想像もつきません」

「当然でしょうな。なにせ、うちのサイバー捜査官が手玉に取られたくらいですから」

「手玉に取るもなにも、カズトにしてみれば警察は眼中になかったんじゃないですか。サイバー捜査官氏は、ばらまかれたウイルスに勝手に感染して自滅したわけですから」

沢木の口さがない言い方に、石川は憮然として、

「そう言われてしまうと立つ瀬がないですよ、我々も」

と、眉を顰めた。

3人で並んでマンションに戻る道を歩きながら、沢木はさらに言った。

「警察の立つ瀬なんか、最初からどこにもないじゃないですか。もう、ネットを利用してカズトにたどり着くのは諦めたほうがいい」

この二人はかれこれ2週間近くも一緒に行動しているはずだったが、沢木の言葉には容赦がない。石川が約束を破り、つぐみが警察に協力した事実を公表しなかったことを、まだ根に持っているのだろうか。

沢木とはカウンセラーと相談者としての付き合いだが、独特の正義感を持っていることは感じていた。相手が警察であろうと妥協はしないのが、彼の主義なのかもしれない。

もっとも石川刑事は、警察官としては謙虚な好人物だとつぐみは思っている。本当なら権力を笠に着て、もっと強引に事を推し進めることもできるはずだったが、沢木の同行を捜査協力という形で受け入れてみたり、つぐみの心情を慮っていろいろと無理をきいてくれているのは確かだった。

「我々警察としては、玉木さんにもう少し我慢していただいて、なんとかしてカズトなる人物の身元を突き止める必要があるんです。インターネットのショッピングモールから贈り物をしてきたり、ネットカフェにまで不正侵入してきたり、だんだんと奴は大胆な行動をとるようになってきている。そうなれば、逮捕に至るチャンスも増えるというものです」

「そのかわり、玉木さんの身の回りに危険が及ぶ可能性も高くなるんじゃないですか」

沢木のその言葉で、彼がきつい言い方をした理由がわかった気がした。カズトがつぐみに向けている愛情が、憎悪に変わった場合の危険を顧みず、警察が無神経に協力を仰いでいると考えているらしい。カズトの大胆な行動が、そのうちつぐみに対する暴力行為に転化するのではないかと、危惧(きぐ)しているのだろう。

「そうならないように、我々としても最大限警護に力を注ぐつもりですから、ご心配には及びませんよ、沢木先生」

「しかし現に、こうして玉木さんが出掛けた先にまで、カズトは追いかけてきてるんですよ。何かあってからじゃ遅いんだ。彼は少なくとも、コンピュータやネットに関しては警察が手も足も出ないようなスキルを発揮しているんです。もう玉木さんに頼るのはやめて、長瀬保殺害事件の目撃者探しでもするほうが、よほど実りがあるんじゃないですか」

「先生にもお話ししたはずですよ。そっちのほうも言われるまでもなく進めています。成果も出てきていて、5〜6人の目撃証言が取れているんだ。刺殺犯がタクシーで逃亡したらしいという証言もある。事件当時、現場近くを流していたタクシーも、かなり絞れてきていますから、もうじき、なんらかの結果が出せるはずです」

そこまで口にしてから、石川はしまったという顔で眉を寄せ、沢木を睨んだ。

沢木は飄々(ひょうひょう)とした様子で、黙って石川に睨まれている。どうやら、石川が隠している捜査状況を聞きだすために、わざと厭味を言ったり怒りを露わにしてみせたようだ。

「さすがは心理学者さんだ。まんまとひっかかりましたよ、沢木先生」

「隠し事はなしにする約束だったじゃないですか、石川さん」

沢木は口の端を上げて、してやったりの笑みを浮かべた。

二人のやりとりに、つぐみは思わず吹き出す。

「なんか、意外といいコンビですね、お二人とも……」

そう言われて、石川も苦笑した。

「まあ、私としても、これ以上玉木さんにご迷惑をかけるのは心苦しい。捜査本部の別動隊が、目撃情報から犯人をあぶり出してくれたら、それが一番ありがたいですよ」

薄手のグレーのジャケットの胸ポケットから煙草を取り出して、口にくわえる。

「ただね、悔しいんですよ、いささか」

「何がですか」

つぐみが訊くと、石川は煙草に火を点けて、

「自分がやりましたと名乗ってるような犯人を捕まえられずに、手をこまねいているのがですよ。ツイッターだのハッカーだの、私にはよくわからん世界だが、捜査官が犯人に逆襲されて休職に追い込まれたり、殺人犯の言い分に何万何十万なんて顔もわからん輩が、聞き耳を立ててみたり。こんなやり方がまかり通るなんて、まったく、とんでもない世の中になったもんです。そう思いませんか、お二人とも」

煙を吐き出しながら石川が問いかけてきた。

頷くこともできないでいるつぐみの横で、沢木がため息まじりに言った。

「その点は同感です。これからもっと、その手の犯罪は増えていくんでしょう」

「勘弁してほしいですな」

「まったくです。ただ、今回の事件、カズトという人物に関しては、私はどことなく、世間一般で言うところの『サイバー犯罪者』とは異質な何かを感じているんですよ」

「異質な何かとは、どういう意味ですか」

石川は、立ち止まって尋ねた。

「つまり――」

沢木も立ち止まり、振り返って石川の目を覗き込むようにして、

「心理学者の私にも、カズトという人物の人格がまったく想像できないんです。会ったこともない女性のために、簡単に殺人を犯すような衝動性は、玉木さんとのツイートを読むかぎりでは読み取れない。子供のようだと思えた次の瞬間に、成熟した大人のような発言をしてみせたりもする。なによりも異常なのは、彼がメールや非公開のチャットではなく、あくまでもツイッターで玉木さんとの会話を続けていることです。ツイッターは不特定多数のユーザーに発言を公開するスタイルのツールです。個人同士のやりとりには本来そぐわないシステムなんだ。ハッカーだとすればそんなことは百も承知だろうし、殺人容疑者として警察にマークされているカズトが、ここまでツイッターに拘（こだわ）って玉木さんとの関係を続ける理由が、どうしてもわからない。誰に自分のツイートを読まれようが、まったく気にしないし、恐れもしない。自分が捕まるなんて、これっぽっちも思っていないようだ。精神異常者とも思えない彼が、どうしてここまで理解しがたい行動パターンを見せるのか、不思議でならないんです。いったいカズトというのはどういう男な

んだか、会えるものなら会ってみたいですよ。まあ、男というのも彼が自分でそう言ってるだけで……」

　一方的にまくしたてたあと、沢木は虚空に視線を泳がせて黙り込んだ。

「沢木先生？」

　石川が問いかけても答えずに、そっぽを向いている。何か考え事をしだしたのか、つぐみと石川は目を見合わせて、ふいに始まった沢木の沈黙に、ただ付き合うしかなかった。

　1分ほど黙って考え込んでいただろうか。やおら口を開いた沢木は、誰にともなくつぶやいた。

「ＬＯＮＥＳＯＭＥＣＬＯＵＤ……一人と書いてカズト……」

「どうかされましたか、沢木先生」

　たまりかねて石川がまた問いかける。

「一人でしゃべりまくった挙げ句に、今度はだんまりですか。何か思いついたことがあるなら、はっきりおっしゃってください。隠し事はなしにするんでしょう」

「申し訳ない。あまりにも荒唐無稽で、うかつに口にできない話なんです」

　そう言いながら沢木は、横目でつぐみの表情を気にしているようだった。

「わたしがいると話しにくいことなんでしょうか」

　つぐみが問うと、沢木はバツが悪そうに苦笑いして、

「心理カウンセラーなのに、顔に出しちゃだめですね。実は正直、おっしゃる通りです。石川さんにお話しするのも、もう少し確信が持てたらにしたいんですが、よろしいですか」

「かまいませんが……」

石川は少し不機嫌そうに答えた。

「そう言われるとますます気になりますね。少しだけでも、よろしければそこら辺の喫茶店で聞かせていただけませんか」

「しかし……」

と、また沢木はつぐみに目をやった。

「だったら、先にマンションに帰ってますから、お二人だけでどうぞ」

邪魔にされたような気がして少し不愉快になり、つっけんどんに言って足早にその場を立ち去った。沢木たちは追いかけてこなかった。沢木が石川にどんな話をするのか想像もつかなかったが、自分の味方のはずだった彼が、ふいに離れてしまった気がして、カズトと出会う以前のように一人で砂漠に取り残されたような心持ちになった。

自分の部屋のパソコンを使って、カズトと話がしたかった。どうせそのツイートも、マンションの近くに停まっている警察のワゴン車の中で、石川の部下が目を光らせているのだろうけれど、もう気にするのも面倒臭い気がした。

やっぱり自分の味方はカズトだけだ。

長瀬にストーキングされている時も、警察は結局助けてくれなかった。

毎日話を聞いてくれたのはカズトだ。慰めてくれたのもアドバイスをしてくれたのも、苦しみの原因を取り除いてくれたのも、カズトだった。

今だって彼だけが、本気で自分の心配をしてくれるのだ。

惨めな思いに背中を押されながら、つぐみはマンションに向かう緩い坂を、カズトからもらった白いミュールで躓きそうになりながら、足早に下っていった。

## 20

一人でマンションに戻りカズトとのツイートを始めると、1時間ほどして沢木が訪ねてきた。石川はおらず沢木だけで、久しぶりに少しカウンセリングをさせてもらいたいと言うので、部屋に上げて話をすることにした。

インスタントコーヒーを淹れたマグカップを、自分の分と二つ、パソコンの置かれたローテーブルに運ぶと、沢木は立ってつぐみの書棚を見ていた。

「難しそうな本がありますね」

沢木は書棚から、数冊を抜いてパラパラとめくる。

「ろくに読んでないんですけど、だから逆に捨てるのも惜しくて……」

沢木が手に取って開いていたのは、コンピュータ関連の本だった。短大に入学して上京した時、入学祝いに親に買ってもらったパソコンをインターネットに繋げようと思って、ウインドウズの入門書を買った。その際にパソコンの基礎をマスターしたら勉強するつもりで、プログフム関係の専門書も数冊買ったのだが、難しすぎてほとんど読みもせずに書棚の飾りになってしまったのだ。

結局パソコンはただのインターネット端末としてしか使わなくなったが、それでもブログを始めたり友達とメールやチャットを交わしたりと、退屈な日常を少しだけ刺激的なものにしてくれたし、就職のための便利な道具としても活躍してくれた。何よりも長瀬とのことで苦しんでいたつぐみを救ってくれたのも、ツイッターを通じて知り合ったカズトだったのだ。

今のつぐみは、カズトが犯した罪に責任を感じ、警察の捜査に協力するために様々な制約を受けている身だったが、これまでにパソコンが自分にくれた数多くのメリットや娯楽、そして救いを思えば、些細なことのように思える。

「カズトってどんな人なんでしょうか」

ローテーブルの前に正座して、自分の分のコーヒーを啜る。カズトとのツイートはまだ途中だったが、人が来たからと告げてそのままにしてあった。そうやって中座しても、カズトは苛立ったりせずに、いつまでも待っていてくれるのだ。

「そんな難しい本を、ライトノベルを読むみたいに楽しく読めたりするのかな」

「きっとそうでしょうね。ただ、人間には誰にでもそれくらいのことができるものなんですよ。自分からブレーキを踏んで、能力を抑えながら生きているのが人間なんです」

沢木はめくっていた本を書棚に戻して、つぐみの向かい側に腰を下ろした。

「そうなんですか。わたしなんかバカだから、絶対に無理」

つい卑屈なことを口にする。

「いえ、そんなことはないですよ。火事場の馬鹿力という言葉を聞いたことがあるでしょう。あれは非常時に人間の筋肉が爆発的な力を発揮できることを言っているのですが、脳も同じです。見聞きしたことをすべて覚えているのは、人間にとって不都合なことなんでしょう。だから忘れたり、わかっていてもわからないふりをして生きているのが、人間なんです」

「よくわからないけど……そういうものなんですね」

「たとえば玉木さん、あなたも過去のことで、思い出せない記憶を抱えているのかもしれない。それが、成長するに従って出口を探してもがき始めていて、出社拒否にともなう嘔吐や頭痛などの身体症状となって現れているのかもしれません」

「そうなんでしょうか」

「たとえば、あんな難しいコンピュータの本をたくさん買い込むような、自分から遠い世界に唐突に興味を持とうとする行為には、自分を変えたいと願う深層心理が隠れている場合があります」

「なんかそう言われると、そんな気がしてきますね」

　沢木の言うことは、つぐみにはピンとこなかった。なぜ急にそんな話を始めたのかもわからないから、なんとなく同意して話を合わせて、納得して早く帰ってもらうつもりだった。そうすればまた、カズトとツイートができると思った。しかし沢木は、すぐに引き上げるつもりなどなさそうだった。

「あなたの忘れてしまった過去を、私に調べさせてもらえませんか」

「どういう意味ですか」

「退行催眠という技術があります。催眠状態に誘導することで、過去の経験を引き出して年齢を遡っていき、秘められたトラウマを捜し当てて解決する高度な治療手段です」

退行催眠という言葉は聞いたことがあった。ドラマかバラエティか、いずれにせよテレビで誰かが言っていたのを、聞きかじった程度の知識だった。

戸惑っているつぐみに、沢木は具体的な方法と効果、意義の説明を事細かに話してきかせた。彼のその説明自体が催眠術だったかのように、つぐみはいつのまにか彼の催眠治療を受けることに同意していた。

沢木に指示されるがままに、つぐみはベッドに横になり目を閉じた。カウンセラーとはいえ男性である彼と二人きりで、あまつさえ退行催眠などという治療を受けるのは少し不安だったが、これまでのカウンセリングで彼の人となりもわかってきていたし、何よりも、仕事の範囲を超えてつぐみの巻き込まれた事件に関わってくれている沢木を、信頼することにしたのだった。

カーテンを閉じて部屋を薄暗くして、あとはどこかで買ってきたらしい小型の懐中電灯だけを小道具に、退行催眠は行われた。

ベッドに横になり目を閉じてから後のことで、つぐみが覚えているのは、閉じた瞼の向こう側でゆっくりと点滅する懐中電灯の光だけだった。気がつくと1時間が過ぎ、ひどく寝過ごしてしまった朝のような疲労感が残っていた。

何かわかったのかという、つぐみの質問に沢木は答えなかった。

「よろしければ、もう何回か、退行催眠による治療を試みてみましょう」

「かまいませんけど……」

なんのために沢木が、唐突につぐみの心の治療を再開したのか、それが少し気になって尋ねた。

「それで、何かが良くなるんですか」

「もし私の考えが正しければ、いろんなことが解決するはずです」

沢木はそれだけ告げて、そそくさと帰り支度を始めた。

彼の言う『いろんなこと』が、出社拒否や吐き気、頭痛などのことを指しているのだとすれば、それはもう半ば解決しているように思えた。何しろ、出社を拒否していた会社はもう辞めていたし、1週間前に決まった転職先に足を運んでも、以前のような症状は出てこなかったのである。だいいち、今のつぐみが置かれている状況を考えれば、頭痛や吐き気などたいしたことではないように思えた。

しかし、この時の沢木の言葉や態度には有無を言わさない強さがあって、男性の押しに弱いつぐみは、ただ頷くことしかできなかった。


沢木が週2回の退行催眠治療に訪れるようになってから1カ月が過ぎても、つぐみの生活や心境がそのせいで、よくも悪くも変わったとは思えなかった。ただそれとは関係なく、就職先が決まったことによる日常の変化は、確実にあった。

朝、決まった時間に起きて仕事に出掛ける毎日は、退屈ゆえの不健全な時間の使い方を抑える効果があったように思う。長瀬の事件のことをあまり思い出さなくなると同時に、パソコンの前に座る時間は減っていき、ツイッターでカズトと話す機会も自然と少なくなっていった。

その間も石川からは定時に必ず電話が入り、ツイッターに繋ぐ時間には、誰かがそれを監視しているようだったが、ワゴン車をマンションの近くに停めて、つぐみの部屋への出入りを見張るのは諦めたらしい。事件から2週間もすると、鍵をかけて誰か訪ねてきてもドアを開けないように、という指示を毎晩するだけで、監視を置くことはしなくなった。

カズトからの贈り物は、最初の洋服、帽子、ミュールとアクセサリが届いた日から、3日に一度くらいの頻度で届いた。高価な食器や花瓶といった陶器類、いくつもの帽子や靴、バッグなど、狭い部屋だけに置く場所に困るほどの数だった。どれもつぐみの趣味をよく配慮したものばかりで、服や靴はサイズもぴったりだった。

警察はそれらの販売元情報をたどって、カズトの正体に迫ろうと試みているようだったが、成果があったという話は石川からも沢木からも聞こえてこなかった。

カズトとの話題は、長瀬のストーカー行為への苦悩を語っていた時とは違って、とりとめのないものばかりになっていた。新しく働きだしたインテリア製作販売会社の話は、当然のことながら避けるしかなかった。ツイッターに少しでも書き込むことで、それを読んだ誰かに転職先を突き止められるかもしれないからだ。

新しい会社ではパソコンを扱う仕事を任され、思いのほかセンスがあると上司に褒められて張り切って働いていたのだが、コンピュータのエキスパートであるに違いないカズトにその話をしたくても、ツイッターには書き込めない。

メールに近いダイレクトメッセージ機能を使ってみようとも思ったが、これまでのカズトとのやりとりにそれを使ったことは一度もなく、もし返事を彼がいつも通りにタイムラインに書き込んだら、やはり転職先がばれてしまう気がして、仕事の話題そのものを避けるしかなかった。

新しい職場と仕事が気に入り始めている今のつぐみは、そこから離れた話しかできないカズトとのツイートが、しだいに退屈になってきていたのである。

さらに半月が過ぎると、カズトとのツイートはほとんどが、彼がつぐみに送ってきたプレゼントと、知り合った頃によくしていたアクリル・キューブの話に終始するようになっていた。

アクリル・キューブの話になるとカズトは饒舌(じょうぜつ)になり、たちまちタイムラインが埋まるほどだった。

相変わらず毎朝、必ず届いている花の画像が、ある朝はアクリル・キューブに閉じ込められた花の画像になった。透明な立方体の中の花は、空間に浮かんでいるかのように見えた。生き生きとした色彩を放っていながら、異世界の花のようによそよそしかった。

その頃からだったろうか。つぐみがカズトとのツイートを負担に思い始めたのは。

仕事を終えて帰ってくるともう9時近い日もあって、そういう時は石川からの依頼がなければ、今夜はツイッターに繋がずに早めに寝たいと思ったりもした。

それからまたダラダラと同じような夜が半月ほども過ぎたある日だった。朝起きると石川と沢木から携帯に着信が入っていた。すぐに沢木にリダイヤルすると、ともかくテレビを点けるように言う。

指示に従ってニュース番組に合わせると、緊張した面持ちのアナウンサーが、長瀬保の刺殺事件の続報を伝えていた。

途中からだったし興奮もしたので内容を把握するのに手間取ったが、沢木からの説明もあってようやく理解できた。

長瀬を刺し殺した男が、タクシーを使って現場から逃走した際の目撃証言と、支払いの際に紙幣に残した指紋などからたどった結果、昨夜遅くに逮捕されたのだった。

21

長瀬を殺した犯人は、三十代の無職の男だった。テレビのニュースに何度も繰り返し映し出される彼の素顔は、つぐみが想像していたカズトの姿とはまったく違って見えた。殊にその犯人が浮かべている利己的な薄笑いは、つぐみのために殺人を犯したはずのカズトとは、まったく相容れないもののように思えてならなかった。

逮捕のニュースが流れたその日の夜に、石川と沢木はつぐみのマンションを訪ねてきた。つぐみもその日は残業を翌日に繰り延べて、定時に帰宅して二人の訪問を待った。

どこかで待ち合わせたのだろう、石川と沢木は二人揃ってつぐみのマンションに現れた。つぐみは二人をマンションに招き入れローテーブルの前に並んで座らせると、カズトからもらったリチャード・ジノリの白いカップにインスタントではないパック入りのドリップコーヒーを淹れて出し、すぐに話を聞きたいと迫った。

「まだ事件が完全に解決したわけではないのですが――」

前置きして、石川が口火を切った。

「容疑者の男の証言によれば、彼はどうやらインターネットの裏サイトで長瀬保の殺害依頼を受けたようです」

「依頼って……殺してほしいって頼まれたってことですか」

つぐみが訊き返すと、石川は重要な捜査情報だから口外はしないでほしいと前置きして、詳しい事情を話し始めた。

「麻薬の売人や振り込め詐欺の共犯者を募集したりする裏ビジネスのインターネット・サイトというのがありまして、ネットカフェや漫画喫茶で寝泊まりしながら、そういうサイトを見て怪しげな仕事の募集にメールで応じたところ、人を殺してほしいと。最初はさすがに断ったそうですが、何度かメールを受けて、振り込み口座を教えると実際に10万ずつ毎日金が振り込まれて」

その金で味をしめた頃合いをみて、一度に1000万円を支払うから、仕事を受けてくれないかと改めて依頼されたのだという。男は1000万円あればネットカフェ難民のような生活から抜け出せると考え、犯行を引き受けたとのことだった。

「依頼主は、長瀬という男は女性の裸の写真をばらまいたり、しつこく付きまとって追い詰めたりしている最低のカスで、殺されても誰も悲しまない奴なんだと言っていたそうですから、おそらく玉木さんとの関係のことも知っていたに違いありません」

それはカズトなら知っていたことである。

石川の話では、実行犯の男の口座には証言を裏付けるように大金が残されていて、振り込みは架空口座から行われていたという。その架空口座に集められていた金は、2000万円を超える額で、つぐみへの贈り物を買うのに使ったものと同様にどこからともなくかき集めた電子マネーを、日本全国の買い取りサイトで現金化した金だったようだ。

「警視庁のサイバー捜査官も舌を巻く、高度なハッキング技術を持っている人物であることは間違いなさそうですが、結局正体はわからずじまいでした」

長瀬を殺した実行犯がカズトではなかったにせよ、それを依頼したのが彼だというのはどうやら間違いなさそうだった。そうなると、殺人教唆(きょうさ)という罪にあたり、実行犯と同様の刑が科されることになるらしい。しかし、八方手を尽くしても警察はカズトの正体を摑むどころか、近づくことすらできないそうで、今後も捜査は継続するにせよ、事実上はお手上げの状態とのことだった。

「それで、わたしはどうすればいいんでしょうか」

一通り石川の話が終わったところで、つぐみは尋ねた。これまで通りに、ツイッターでカズトと話を続けなくてはならないのだろうか、という意味で訊いたのである。

「ご心配なく。もう、これ以上玉木さんにお手間を取らせることはできないと、我々も考えております」

石川は即答した。ツイッターの書き込みからカズトの正体をたぐりよせるのは、警察もどうやら諦めたようだ。たしかに、それができるならとっくに彼は逮捕されているはずだった。サーバに残された個人情報からも、買い物の履歴からも正体に迫れないことが、確実になったということだろう。

つぐみは、お役御免になったらしい。

「このマンションの警備も今後は行わないことになりますが、念のためにしばらくの間近くの交番には、何か連絡があった場合はすぐにこちらに駆けつけるよう手配をしておきます」

「ありがとうございます」

つぐみは一応礼を言ったが、カズトが自分に害をなすようなことは、決してないと確信していた。そんな真似をするような人物なら、とっくになんらかの接触を図ってきているはずだった。

「それと、今後はカズトとツイッターで連絡を取り合うことは、絶対にしないでいただきたいんです。彼があなたのために不正な手段で金品を調達しているとすれば、あなたも教唆の罪に問われかねない」

「わかりました。そのようにします」

元々は警察に促されてのことだったのに、自分も罪に問われると言われ釈然としなかったが、逆らう理由ももうつぐみにはなかった。

必要な話を終えると、石川は長居せずにつぐみのマンションを立ち去った。

沢木だけは残ってまた退行催眠による治療を行い、つぐみが目を覚ますと、おそらくは今回が最後になると言い残して帰っていった。

警察の監視から解放され、沢木の退行催眠も最後だと言われたつぐみは、肩の荷を下ろしたような気がして、その日は結局パソコンを立ち上げもせずに寝てしまった。

それから3日間は、パソコンを開いたとしてもツイッターに繋ぐことはせずに、必要なメールの処理などだけを済ませてすぐに閉じた。新しく勤めた会社にいる間は、ずっとパソコンの前に座っていることもあって、家にいる時くらいは本を読んだりテレビを観たりしたかった。

そういう生活を続けるうちに、一時はあれほど頼っていたカズトのことを思い出すのは、夜眠りにつく前と朝の起き抜けだけになっていった。起きた時だけは、ツイッターを開いて彼から花の画像が届いているか確認したい気持ちにかられた。

しかし敢えて堪えて1週間はツイッターにログインせずにおいた。そろそろ潮時だと思ったからである。自分を助けるために殺人まで犯した彼と離れたいと考えるのは、あまりにも無責任で冷たいのではと思い悩んでいたが、彼が直接手を下したのではないと知ってからは、その気持ちもだいぶ和らいでいた。

そうやって、マンションに帰ってからはなるべくパソコンを開けない生活を続けていくと、カズトを寝る前に思い出すことも次第に減っていった。

彼からもらった服や靴はたまに身につけて出掛けたが、アクセサリや時計は、もともと高価すぎてつぐみの給料で買える服にあまり合わないため、身につけることはほとんどせずに、箱を開けて置物代わりに棚に飾ってあった。

花瓶やカップは、遠慮なく使った。特にリチャード・ジノリのコーヒーカップは使いやすく、毎日のようにそれでコーヒーを飲んだ。おかげでインスタントでなく、パックのドリップコーヒーを淹れるようになった。ブランド物のバッグは、アクセサリ同様に棚に飾るだけで持ち歩くことはあまりなかった。

そうやって1カ月が過ぎた秋には、カズトのことはほとんど考えなくなってしまった。何日かに一度、朝起きた時に机の上のアクリル・キューブが目に入ると、最後に目にしたアクリルに閉ざされた花の画像を思い出し、カズトは今どうしているかと気になる瞬間があるだけだった。

有楽町の沢木の診療所には、毎週木曜日、仕事のあとに足を運んだ。もう沢木も退行催眠などは施さず、ただ簡単なカウンセリングと、心理テストのようなものをしてくれるだけだった。

もう通う必要がない気もしていたが、木曜になるとふと足が向いた。なぜなのかと自問すると、答えはすぐに見つかった。沢木が突然に自分に退行催眠治療を受けてみないかと持ちかけたことと、カズトの起こした事件の関わりが、つぐみの中でまだいま一つ、腑に落ちていないからだった。

何の関わりもないとは、タイミングから見て考えられない気もした。そして何か関わりがあるとするなら、それがカズトと自分を引き離した一つの要因であるようにも思えたのである。

いつかその理由を、沢木が話してくれるのではという期待もあって、彼の診療所に通っているのだった。

カズトと再会したのは、彼と話すことがなくなってから2カ月が過ぎた頃だった。

会社のパソコンで仕事をしている最中に、ふと気になりインターネット・ブラウザを使って、自分のツイッター・アカウントを立ち上げたのである。とっくにカズトも諦めているだろうと思ってのことだったが、まず目に入ったのはタイムラインに並ぶ、ＵＲＬの羅列だった。

クリックすると、それらはすべて画像アップロードサイトのものであり、一つ一つが違う花の画像に繋がっていた。カズトとツイートを交わすことのなかった2カ月の間も、彼は欠かさずに毎朝、つぐみに花を贈り続けていたのだった。

驚くと同時に、なんとも悲しい気持ちが込み上げて、思わずツイートをした。

「ごめんなさい、カズト」

たったそれだけの書き込みだったが、ブラウザを再読み込み（リロード）もしていないのに、いきなりカズトからの返事がタイムラインに現れた。

「いいんだよ、つぐみ。君は少しも悪くない。謝る必要なんか、どこにもないよ」

2カ月も放置した自分に対して、少しも怒りをぶつけようとしない彼は、以前と変わらぬ優しさでつぐみに語りかけてきた。

「ごめんなさい」

もう一度、同じ言葉をツイートする。

「謝らなくていいんだ。僕の役目は終わったんだから」

「どういう意味?」

「そのままの意味さ。ただ、最後にこうして君と話せる時を待って、そのためだけに花を贈り続けていたんだよ」

彼はわかっていたのだ。つぐみがもう、彼を必要としていないことを。承知の上で、花の画像を毎日届けてくれていた。

とてつもなく悲しく、淋しくなって思わず尋ねる。

「あなたは誰なの。本当はどこの誰で、何のためにわたしと」

そう書き込んでエンターキーを叩いたあとで、少し後悔した。まだこのツイートは、警察が定期的にチェックしているに違いない。もし万が一、カズトが真実を書き込んだらと思い、慌ててツイートを消そうとすると、その前にカズトがつぶやいていた。

「僕は雲だよ」

彼のその言葉は、淋しそうに小さくタイムラインに浮かんでいた。

「雲だから、雨が止んだ空には、もう必要ない」

「カズト……」

そう返すのが精一杯だった。とっくに彼のことなど忘れていたはずだったのに、こうして向き合うと涙が溢れた。

「君の中の雨は、もう止んだみたいだ。だから、雲はもう、君の空に浮かんでちゃいけないんだと思う」

「カズト……」

「さよなら」

そのツイートが最後だった。もう待っても再読み込み（リロード）しても、タイムラインには何も流れてこなかった。

それからの1週間、つぐみは毎朝、パソコンを開けてツイッターに繋いだ。しかし、カズトの書き込みがタイムラインに現れることはなかった。

朝が来ても、カズトからの花が届くことは、もう決してなかった。

画像アップロードサイトからダウンロードした、出会ってからの日々と同じ数の花だけが、つぐみのパソコンのハードディスクの中に残された。

データの塊でしかないはずのその花たちを、たまに思い出したように画面に咲かせて眺めていると、ふと思うことがある。

カズトもこの花と似たような存在だったのではないか。無数の0と1が連なり色彩や質感を生み出すデジタルの花束と、最後までインターネットの向こうからしか語りかけてくれなかった彼が、その儚（はかな）さゆえに重なって見えることがあるのだ。

しかし、どんなに儚くてもカズトは確かにいた。この世のどこかにいて、つぐみを見つめて語りかけてきたのだから。

カズトがくれたデジタルの花の美しさが、たとえ画面の中からだけでも見る者の目を和ませるように、カズトの気持ちもまた、その温もりは伝わらずとも、暗い夜の砂漠の真ん中にいたつぐみを優しく導き、そして救い出してくれたことは確かだった。

## 22

石川刑事が沢木竜助のサイコセラピー診療所を訪ねてきたのは、最後に二人で玉木つぐみに会った日から2カ月が過ぎた土曜日のことだった。前日の夜につぐみから電話で、カズトと最後の別れをしたと聞いた後、沢木のほうから石川にそのことを伝えて、約束通り一度会って話がしたいと誘ったのである。

オフィス街の診療所だけに、土曜日の午前なら患者も少ないので、いつでも来てもらってかまわないからと、特に時間も決めずにおいたが、彼が来た時はたまたま飛び込みの患者がいて、結局30分近くも待たせてしまった。

しかし石川はさすがに刑事だけあって待たされるのは慣れているのか、文句も言わずに待合室で雑誌を読んでいてくれた。

患者に、できたら週明けにでもまた来るようにと伝えて帰すと、そのまま入り口に休診のプレートをかけて扉に鍵をかけた。

「お待たせしました、石川さん。奥の診療室にどうぞ」

「先生にそう言われると、何やら心を病んでるような気持ちになりますね」

冗談を言いながら、石川はソファから立ち上がって、マガジンラックに週刊誌を戻した。

観葉植物が温室ばりに並べられた診療室で、石川はカウンセリングに用いる小振りの木製テーブルの窓側の席に腰掛けると、沢木が淹れようとするコーヒーを断ってすぐに切り出した。

「まずはお話を聞かせてください。そうでないと、コーヒーをいただいても味がわからんですから」

「お待たせしたせいで、じれてしまったかな」

沢木は苦笑して、部屋の隅に積んであるダンボールから、ペットボトルの水を2本つかみ取って1本を石川に渡すと、テーブルを挟んで彼に向き合う位置に座った。

「冷えてませんが、水は常温で飲むほうが体にいいんです」

先に蓋を開けて一口飲むと、石川もボトルに口をつけた。

「さて、どこから話せばよろしいですか」

沢木が切り出すと、石川は堰を切ったようにまくしたてる。

「どこからでもかまいませんから、私にもわかるように説明していただけませんか。心理学のことはもちろん、コンピュータのことも私はまったくの門外漢です。難しい話なので、検証をしてからでないと口にできない、決着がついたら私にもわかるように話していただけると、先生は約束してくださった」

「わかってますよ。だから私のほうからお電話さしあげたんです。どうやら、決着がついたようですからね」

「それは、玉木つぐみさんのことですか。彼女が、カズトと最後のコンタクトを取ったという……」

「ええ。そのことです。これでもう、カズトが現れることはないはずだ。本来は我々カウンセラーは守秘義務に則って、相談者の心の問題を話すことはありませんが、今回は状況が状況だけにそうもいかないと判断しました。なにしろ人が一人死んでいるんだ。その事件の解決に繋がることはないにせよ、せめて石川さん、あなたにだけは口外無用を条件に、私の考えをお話ししておくべきだと思ったんです」

「もう捜査本部も半ばカズトの逮捕は諦めていますし、何がわかっても、決して口外しないとお約束します」

「ありがとうございます。ただし、この話は私見にすぎず証拠は何もありません。仮にこれが真相だったとしても、それを証明する手だてはどこにもないはずです。何より、証明できたとしても、それを犯罪として立件することも法律上不可能だ。ようするに、手詰まりだということです。それを前提に、私の考えをお話ししますので、納得していただきたい」

「なんでもけっこうですとも。あれだけの事件でなんの答えもなしじゃ、どうにも寝覚めが悪いものでね。だからわざわざ、先生にお時間をとっていただいたんです」

「いいえ、お忙しいのにこちらこそお呼びだてして申し訳ない」

　暇な心理カウンセラーの沢木よりも、捜査一課の刑事のほうが忙しいに決まっている。しかし、警察で話せる内容ではなかったので、診療所まで足を運んでもらったのだ。

「では、まずこれをご覧いただけますか」

沢木はテーブルの端ですでに立ち上げてあったノートパソコンを、石川と自分の真ん中辺りに横置きして、身をのり出せば二人ともなんとか画面が見えるようにした。

開かれていたのは、ツイッターのホームページだった。

「ご存じの通り、ツイッターのホーム画面です。ここに表示されているアカウント。アットマークのあとに名前が入っていて、最後に『ＢＯＴ』とあるのがわかりますか」

「ええ。それが何か」

「この『ＢＯＴ』の意味はご存じですか」

「いいえ」

「そうですか。ではちょっと見ていてください」

沢木はパソコンのキーボードを少し自分のほうに向けて、空欄に短い文を書き込む。

「君を愛しています。沢木より」

そんなツイートだった。

「いきなり誰に告白してるんですか、沢木先生」

苦笑する石川に笑みを返して、

「すぐにわかりますよ」

と、エンターキーを叩いた。するとタイムラインの上部に別の書き込みを知らせるメッセージが出る。ブラウザを再読み込み(リロード)すると、またさきほどの『ＢＯＴ』という文字列を含んだアカウントからの書き込みがなされていた。

「私も愛してるわ。石川より」

石川は飲もうとしていた水を噴き出しそうになる。

「なんですか、これは。何をやったんです。どこかから、先生の助手がいたずらをしてるんですか」

「いいえ、違います。これは『BOT』の機能を使ったジョークですよ」

「なんなんです、その『BOT』っていうのは。わかるように説明してください」

憮然として口元を手の甲でぬぐう石川に、ティッシュペーパーを渡して、

「『BOT』というのはIT用語で『ROBOT』の意味で、つまりここでいう『BOT』とは、ツイッター上でロボットのように自動的に書き込みをしてくれるアプリケーションを指します。今のは、私のツイートに対して返事をくれるように仕組んだ『BOT』を立ち上げてあったわけです」

「驚いたな、そんなことができるのか」

「ええ。有名人や特定の文字列を含む書き込みに反応して、自動的にそれをリツイートしたり、リプライつまり返事をしたりしてくれる『BOT』は、ツイッターにはたくさんあります。さほどパソコンやプログラムに詳しくない者でも扱えるような、『BOT』を作ってくれるアプリケーションもありますから、みんな勝手に有名人に成り代わって遊んだりしてるんですよ」

「そんなことをして何が面白いんだか。まったくおかしな世界だな、ツイッターってのは。しか

しそれが、カズトの事件と何の関係があるんですか」

「カズトの正体は、おそらくこの『ＢＯＴ』です」

「なんですと？」

「いや、正確には自作した高度な『ＢＯＴ』を使って、玉木つぐみが一人二役を演じていたんじゃないかと、私は考えています」

「玉木さんが真犯人だって言うんですか」

石川は腰を浮かせて大声をあげた。つぐみのことをよく知っている彼にとっては、青天の霹靂《へきれき》だったに違いない。それに、沢木の言い方も少し悪かった。

「すみません、言い方がよくなかったですね。厳密には、玉木さんは何も知らないはずです。すべては彼女のもう一つの人格がしでかしたことではないかと推測しています」

「もう一つの人格……いわゆる多重人格ってことですか」

「その言い方は、精神医学の世界では使われません。解離性同一性障害という精神疾患として捉《とら》えています。解離というのは、本来なら自我の一部である記憶や意識や聴覚視覚などの感覚を、精神の防衛などの理由で自我から切り離してしまう症状です。同一性というのは、時間や空間、記憶されるすべての事象において自分が自分であると確認できる、いわゆるアイデンティティを指します。解離によってここに障害が発生するということは、自分の中にまったくの他人が生まれることを意味します」

「難しい話は抜きにしてください。ようするに、彼女が別の人格を持ってる、そういうことですか、先生」

「端的に言ってしまえば、そういうことです。記憶も知識も性格も、まったく異なる玉木つぐみの第二人格、それがカズトだと私は考えています」

石川は呆然と黙り込んだ。多重人格という症状は、フィクションの中だけのものだと考えていたのかもしれない。そういう誤解は、世の中では少なくない。完全に解離した人格を示しているケースでも、本当は承知の上で芝居をしているのではないかという見られ方をする場合もある。

しかし、現実には解離性同一性障害の患者は第二人格の行動や発言をまったく記憶していないことも多く、第二人格が犯した罪に対して責任能力を問わない裁判事例も少なくない。

「カズトが本体である玉木さんをより高位から見下ろすことのできる第二人格だったとしたら、彼女の住所や電話番号を知っていても少しも不思議はない。趣味や好みについても同様です。靴のサイズなんかは、彼女がツイートの中で触れていないにもかかわらず、ぴったりのものを送ってきたでしょう。あれは、私にとっても重要なヒントでした」

「玉木さんは、カズトが自分だとまったく気づいていないんですか。本当はわかっていて、芝居をしている可能性はないんでしょうか」

石川の質問は、この病に対する一般的な誤解の典型だった。

「彼女自身は、今に至ってもまったく気づいていないと確信しています」

沢木は即答した。

「実は、長瀬保殺害の実行犯が逮捕されるまでの間、私は彼女に退行催眠療法という治療を何度か施していました。催眠状態によって過去を探りあてる手法ですが、彼女が第二人格を自覚しているなら、そこにも何らかの痕跡が見られたはずです」

「まったくなかったと……」

「はい。彼女は第二人格をまったく自覚していません。しかし、それほど強固な解離を生んだ心的外傷が、長瀬保に裏切られたことだけというのは、いささか飛躍があるように思い、もっと古い記憶を呼び覚ましてみたんです。その結果、彼女は幼い頃に、度重なる性的虐待を受けていたことがわかりました」

つぐみ自身は、現在その事実を記憶していない。しかし、退行催眠によって探り当てた過去は、小学生の頃の担任教師による執拗な性的虐待と、それが同級生に露呈したことによるいじめ、その結果としての入水(じゅすい)自殺未遂という、解離性同一性障害を生むに十分な、強いトラウマの根源そのものだった。

つぐみの中でその記憶は巧妙にすりかわり、いじめは自分以外の同級生に向けられたものだと思い込み、入水自殺未遂は、川での水泳という形に変化しているようだった。

以前カウンセリングの最中に彼女が、アクリル・キューブを眺めていると、小学生時代に一人で泳いだ川の澄んだ水を思い出すと話したことがあった。しかしよく考えてみれば、流れが強く温度も低い危険な川での水泳を、小学生が一人で行っていたというのは不自然だ。親が娘の受けていた性的虐待やいじめに気づかず放置したとするなら、彼女がストーカー被害に見舞われた際に、健在な両親に助けを求めなかった理由もそこに求めることができる。

彼女は、ずっと孤独だったのだ。その孤独が極まった時に、『ｉｃｈｉｒｉｎｚａｓｈｉ』というＩＤでツイッターを始め、おそらくはほとんど同時期に、『ＬＯＮＥＳＯＭＥＣＬＯＵＤ』という、これもまた孤独を訴えるような印象のＩＤで、『一人』と書いてカズトと読む、孤独そのものの第二人格を生み出したに違いなかった。

「しかし先生、私にはまだ信じられません」

石川は、動揺からなのか指先で盛んに顔面をこすりながら言った。

「我々の目の前で、玉木さんは何度もツイッター越しにカズトと会話をしていました。あれが、さっき見せてくれた『ＢＯＴ』なるものだったなんて……」

「ええ。信じられないのは私もです。実に高度な、ＡＩ、人工知能に匹敵する『ＢＯＴ』だと考えられます。しかし、一般のユーザーでもツイッター上でできた友人だと思い込んでいた相手が、よくできた『ＢＯＴ』だったというケースはたまにあるそうですから、あながち例外的な事例でもない。接続元がたどれなかったのも、そもそもシステムの中を勝手に動き回る独立したプログラムが相手だったとすれば、理解できる話です」

そもそも『ＢＯＴ』というプログラムは、通常はどこかのレンタルサーバなどにインストールして動かすものだ。ところがこの『カズトＢＯＴ』とでも言うべきプログラムは、手練（てだれ）のサイバー捜査官をもってしても、その在り処を突き止めることができなかった。

おそらくは、『カズトＢＯＴ』はある種のコンピュータ・ウイルスのような性質を持っていて、次から次へと居場所を変えていくことができたのだろうと沢木は考えた。『ＢＯＴ』としての活動をしながら、サーバの中で自分の複製を作り、それを別の場所、たとえばあらかじめ探しておいたセキュリティの甘い常時接続のパソコンなどに『感染』させて活動を引き継ぐと、元の本体は消滅してしまう、といった高度な自律プログラムだったと考えられる。つぐみの第二人格カズトだけが、この『カズトＢＯＴ』の居所を常に把握できる手段を持ち、自在に命令を下すこともできたに違いない。

「サーバに置かれたプログラムの一部を、端末であるユーザーのパソコンが読み出して作業をする手法を、『クラウド・コンピューティング』といいますが、ツイッターはまさに、この考え方に則って提供されているサービスです。無数のパソコンがネットワークを介して一つの巨大なシステムを構成していると考えれば、その中を回遊魚のように自由自在に泳ぎ回るカズトの『ＢＯＴ』を捕まえることは不可能だったでしょう」

「しかし、彼女は短大出の平凡なＯＬですよ。それが、そんな聞くからに難しそうなプログラムを作れるものなんでしょうか」

「作ったのは玉木さんでなく、第二人格のカズトです。彼女は上京した当時、ちょっとした興味からコンピュータのプログラムを学ぶための書籍を、数冊買い込んでいました。玉木さんはろくに読みもせずに放置したそうですが、その時から徐々に生まれ始めていたカズトは、彼女が眠い時などに意識を奪い取って表に現れ、その難解な本を興味深く読み解いたに違いありません。もしかすると、インターネットに没入している時や本屋で立ち読みをしている最中などにも、ふいに本人格から意識を奪って、高度なプログラムを学んでいったのかもしれない。それにしても、驚くべき知識と技術です。危険なウイルスをツイッターでばらまいたのはまだしも、電子マネーをおそらくはハッキングによってかき集めて、玉木さんへの贈り物を大量に買い込んだり、殺人教唆の資金まで稼ぎだすなんて……」

「いやまったく信じられない……そんなことがあるんですか、本当に」

「信じがたいのは私も一緒ですが、起こり得ないとも言えません。事実、別人格が、本人格がまったく学んだ記憶のない言語を話したり、難解な学問を理解したりするケースもあります」

人間の脳が持つ神秘的な能力は、まだ解明されていないことが多い。たとえば、日常生活の困難な重度の自閉症患者が、常人には不可能な瞬間記憶能力や計算能力を発揮することもある。

「おそらく第二人格であるカズトは、出社拒否によって時間の空いた玉木さんの意識をしばしば乗っ取り、彼女が後にツイッター上で話すことになる言葉を、その『BOT』にことあるごとに登録しておいたんでしょう。玉木さんのツイートに対するカズトの反応が、初期においてはいささか不自然というか、話が飛ぶことが多かったのは、まだカズトのプログラムした『BOT』がアプリケーションとして未熟だったからだと思われます」

まったくの赤の他人が相手であれば、偶発的な会話を事前に完全に予測して、『BOT』だけで連続数時間にも及ぶツイートのやりとりを続けることは難しい。しかしカズトが本人格よりも高位の立ち位置を持つ第二人格だったとすれば、玉木つぐみを知り尽くしていただろうし、裏から彼女の会話を微妙にコントロールすることも可能だっただろう。

第二人格カズトの生み出した『BOT』は、プログラムの改良を繰り返す中で、しだいに高度な人工知能へと進化していったに違いない。そして、やがてはカズトそのものとして振る舞うようになったのかもしれない。もしかしたら、第二人格のカズトさえも、驚くほどに――。

「第二人格であるカズトは、本人格である玉木つぐみに恋をしていました。だから、彼女を苦しめるストーカー、長瀬保が許せなかった。裏稼業サイトを使ってたぐりよせた男に、彼を殺させたのはカズトです。玉木さん本人では決してありません。それだけは、納得していただきたい」

沢木はテーブルに両手をついて、石川刑事に向かって頭を下げた。それはカウンセラーでありながら、患者であるつぐみの抱える心の病を、他人に明かさざるを得なかったことへの贖罪の気持ちからだった。

それを受けて、石川も恐縮した様子で頭を何度も下げた。

「ええ、わかってます。もちろんそれは承知しましたし、納得もしています。しかし、一つだけ伺ってよろしいですか、先生」

「なんでしょうか」

「その……第二人格のカズトは、もう消えてしまったんでしょうか」

「私は1カ月以上にもわたって退行催眠状態の彼女に語りかけ、彼女のトラウマをマッサージをするように少しずつ解きほぐしていきました。実行犯の逮捕もありましたし、断言はできませんが、おそらくはもう、玉木さんの中にカズトが現れることは、二度とないんじゃないかと私は考えています。だからこそ、カズトの卓越した能力だったコンピュータの知識や技術が本人格の玉木さん自身に影響を与えているのでしょう。転職後の能力の開花も、それに裏付けられます。それはすなわち、カズトがもはや玉木さんの中で消化されて融解してしまった証なのではないかと、私は考えているんです」

石川の疑問にきっぱりと答えながら沢木は、内心まだ釈然としない思いを抱えていた。

玉木つぐみの中に第二人格カズトが存在し、彼が高度な『ＢＯＴ』を開発して今回の事件を起こしたという推測は、沢木が心理カウンセラーとして退行催眠から得たつぐみのトラウマが根拠だった。深い催眠状態下で彼女は、解離性同一性障害を起こしていたと思われる痕跡をいくつか示してもいたし、ほとんど読んでいなかったはずの本棚のプログラム関連書には、熱心に繙いたらしき跡があった。さらに沢木が何度も分析したカズトの初期のツイートに見られる不自然さも、それらが高度な『ＢＯＴ』によるものだとすれば説明できる。

しかし、だからといって沢木も自分の立てたこの推論が、すべて的を射ていると確信をもっているわけではなかった。それはある意味で石川刑事を納得させるための辻褄合わせであって、もしかすると沢木の知識や想像力では計り知れない真相があるのかもしれない。そんな思いを彼自身、払拭できずにいたのである。

この奇妙な事件の考察には、心理学のみならずコンピュータのプログラミングなどの情報技術の知識が必要と考え、数カ月にわたって沢木はそれらの関連書物を読みあさった。もともとパソコンやインターネットには明るかった沢木も、この数年の目覚ましい進歩には追従しきれていなかったことを痛感したが、何よりも驚いたのはクラウド・コンピューティングがもたらした革命的な進化とその将来の可能性だった。

クラウド・コンピューティングの考え方が様々なシステムに応用されていくに従って、世界中に無数にあるコンピュータはインターネットを通じてどんどん一つに繋がっていく。数億人とも言われるツイッターユーザーがログインしているパソコン群も、クラウド・コンピューティングの概念からすれば、いくつかのサーバで繋がれた巨大な一つの仮想コンピュータと考えることもできる。

そんな現状と未来像に思いを巡らせながら、カズトとは何者だったのかと考えているうちに、第二人格や『ＢＯＴ』以上に突飛な想像が膨らんできた。

妄想ともつかないそんな思いを、石川刑事に話すつもりはなかった。解離性同一性障害という、精神医学上も認められた疾患についてさえも、半信半疑の顔をしている石川に、遥かに荒唐無稽な絵空事を話して聞かせても、混乱を招くだけでなんの解決にもならない。

長瀬保を殺した実行犯は逮捕され、それを教唆したカズトは、玉木つぐみの中から消え失せた。

それが結論なのだ。

もう、自分にできることは何もない。

沢木竜助は、そう自らに言い聞かせながら、握る手の中で温もりを帯びてきているペットボトルの水を、未だ燻る空恐ろしい疑念と共に飲み干した。

# エピローグ

「お疲れ様でした」

荷物がすべて部屋から運び出された頃合いを見て、つぐみは忘れないように引っ越し業者に心付けの入った封筒を渡した。

書棚やテーブル、ベッドからなにからすべて運び出したワンルーム・マンションは、やけに広く見えた。すっきりはしたが、やはり一抹の淋しさがよぎった。

フローリングの床に直置きされたノートパソコンは、最後にこの場でやりたいことがあるからと、電源コードとLANケーブルはつないだままにしてもらってある。その上には重しのように、大きなアクリル・キューブが置かれていた。

引っ越し業者はまだ、玄関の外で何やら作業を続けている。その間にやるべきことをやってしまうつもりで、床に座りキューブをどけてパソコンの蓋を開けた。引っ越し業者に電源が入りっぱなしだと指摘された時にきちんとスリープ状態にしたはずだったが、なぜかまた液晶モニターには、透明なキューブのスクリーンセーバーが映っていた。

エンターキーを叩いて、デスクトップを表示する。インターネットに繋がった状態でブラウザを開けて、フリーソフトのダウンロードサイトを開いた。不要なデータに上書きをして、完全に消去するためのシュレッダーソフトをダウンロードするためである。それを使って、パソコンの中に残っている個人情報やカズトとのツイート、そして彼から贈られた花の画像をすべて消し去るためだった。

最初の転職先だったインテリア製作販売の会社で働くうちに、つぐみはコンピュータの技術やプログラミングの知識を自分でも驚くほどに身に付けていき、その技術を買われて高度なＩＴソリューションを扱う企業に引き抜かれた。今の恋人はその会社の上司で、システム構築のスペシャリストである。

そんな彼に、交際を始めたばかりの頃、つぐみが経験した過去の事件を打ち明けたことがあった。自分が罪を犯したわけではないが、恋人として付き合っていくには、話しておくのがフェアだと思ったのだ。

彼は笑って受け入れてくれて、ＩＴ技術者らしい意外なことを言った。

「もしかするとそのカズトっていうのは、ある種のＡＩプログラムだったのかもしれないな」

彼いわく、ＡＩ、つまり人工知能の研究はこの数年、クラウド・コンピューティングとの兼ね合いもあって、新しい段階に入っているらしい。メインサーバを介して、無数の端末にちりばめられていくプログラムは、常にアップデートを必要とする。それは人手に頼るだけではこなしきれない膨大な作業となりつつあり、自分で自分を改良していけるＡＩ機能を持ったプログラムの必要性が、真剣に論じられているというのだ。

自分を変えていける高度なＡＩプログラムというのは、ある意味で知的生命体に準ずる存在で、今のところまだそこまでのレベルに到達した開発者はいないはずだった。

しかしＳＦ好きの彼は、生命とは大いなる偶然の産物なのだから、想像を絶する拡がりを見せているインターネットの世界が混沌とした古代の海だとすれば、そこを舞台に地球に生命が誕生した瞬間に匹敵する偶然が起きてしまってもおかしくないだろうと言うのだ。

光速で飛び交う電子情報が干渉し合い、思いも寄らないエラーやバグを生み出し、それが実験的にネットの中に放流されたＡＩプログラムに感情や好奇心、そして欲望や野心を与えたとしたら。

「――ツイッターに無数に出回ってる『ＢＯＴ』だって、ちょっとよくできたものなら初歩的なＡＩと言っていいからね。そういった類が、ひょんなことから知的生命体に進化して、君に興味を持って近づいたんだとしたら、君はそのプログラム生命体『カズト』の初恋の相手だったってわけだ」

彼は冗談めかして言ったが、カズトのことを実際に知っているつぐみには、笑えない話だった。

つぐみが、かつてのカズトとの交流の痕跡を、自分の手で完全に消し去ることに拘った理由はそこにあった。冗談だとしても、なんとなく不安に思えたのだ。カズトの存在の証拠であるツイートや花の画像を、消さずに放置することも、他人の手にゆだねることも。

シュレッダーソフトのダウンロードとインストールが終わると、データが格納されているフォルダを開けて作業を始める。

ツイッターの保存ログをすべて消去し、最後に花の画像をフォルダごと消す作業に入った。パソコンが古くて性能が低いため、これには少し時間がかかりそうだった。

待つ間に、床に座ったままでアクリル・キューブを膝に置いて、久しぶりにじっくりと眺めた。カズトに、このキューブの話を何度もしたことを思い出す。

懐かしいような、空恐ろしいような。

アクリルは有機ガラスというが、もし恋人が話したように、プログラムが生命を持ったなら、それは有機プログラムとでも言うべきだろうか。

「あの、お客様」

ふいに引っ越し業者に背後から声をかけられて、つぐみはアクリル・キューブを床に転がしてしまった。

「作業がすべて終わりましたので、これで失礼いたします」

「あ、はい……」

床が傷つかなかったかとキューブを拾ったところ、キューブのほうが落ちていたネジ釘で小さく傷ついてしまっていた。

それまで一点の曇りもなかった透明な立方体は、わずかな傷でもなんの価値もないガラクタに成り果てた気がした。

「あの、すみません。やっぱり、これも捨ててください」

つぐみは、立ち上がって年かさの引っ越し業者に、キューブを手渡した。

引っ越し業者がそれを受け取って出て行くと、がらんとした部屋にはデータ消去作業を続けるノートパソコンとつぐみだけが残った。

動作の遅い旧式のパソコンだけに、膨大な画像の消去には、それからまだ小一時間かかった。

カズトの痕跡をすべて消し終えると、パソコンを廃棄するために必要なのは、まだ残っているはずの個人情報を消す作業だけだったが、それは恋人の部屋に帰ってから一晩かけて自動処理をさせればいい。そう思ってパソコンを閉じようとした刹那だった。がらんとした部屋に、携帯が床で跳ねる音が響きわたった。こういう時は着信音よりもバイブレータの振動のほうが、かえってけたたましい。

「はい、玉木です」

見馴れない電話番号だったので名乗ると、相手は警察だった。

「玉木つぐみさんですか」

「はい、そうですが……」

かつての事件を連想し、悪寒がした。

「何かあったんでしょうか」

何もあるはずがない。あれからもう、3年もたっているのだ。

電話は事故の知らせだった。恋人が自動車で大きな衝突事故を起こしたというのだ。幸いにして命に別状はないが、ひどく動揺をしていて、すぐにつぐみを呼んでほしいと病院で言っているらしい。

運転には慎重な彼が、いったいなぜそんな大事故を起こしたのかと問うと、警察は、

「詳しくはお会いした時にお話ししますが」

と前置いて、端的に何が起こったかだけを伝えた。

「交差点の信号機が狂ったのが原因です。どういうわけか、その交差点だけ、一瞬すべての信号が青になってしまったようでして」

「信号が青に？」

「はい。考えられないトラブルなのですが、警視庁の交通管制センターのコンピュータに残されていたデータから、事実だとわかっております。何かネットワーク上のシステムにエラーが起こったようでして……。私ども警察といたしましても誠に遺憾な話でございまして、現在原因を特定すべく――」

電話の声は途中から聞こえなくなっていた。耳から携帯を離してしまったからだ。

つぐみの目は、まだ開かれたままのパソコンの液晶画面に注がれていた。

そこには、引っ越し業者に持っていかせたアクリル・キューブそのものの、透明な立方体が大写しになっていた。ただし、いつものように動き回ってはおらず、斜めに傾いたまま画面の真ん中でゆっくりと回転をしているだけだった。

キューブの中心には、濃い青色の何かが閉じ込められているように見えた。

それがなんだかは、つぐみにはすぐにわかった。琥珀（こはく）に閉じ込められた虫のような有り様の、一頭の哀れなイルカだった。

この作品は「パピルス」（二〇一〇年八月号〜二〇一一年二月号）に掲載したものを加筆・修正したものです。

〈著者紹介〉
樹林伸　1962年東京都生まれ。早稲田大学政経学部卒業。『金田一少年の事件簿』『神の雫』など多数のメガヒット漫画の原作者として活躍。著書に小説『リインカーネイション　恋愛輪廻』(光文社)、『ビット・トレーダー』(幻冬舎文庫)がある。

クラウド
2011年3月25日　第1刷発行

著　者　樹林 伸
発行者　見城 徹

発行所　株式会社 幻冬舎
〒151-0051 東京都渋谷区千駄ヶ谷4-9-7

電話:03(5411)6211(編集)
03(5411)6222(営業)
振替:00120-8-767643
印刷・製本所:中央精版印刷株式会社

検印廃止


ISBN978-4-344-01967-6 C0093
幻冬舎ホームページアドレス　http://www.gentosha.co.jp/

この本に関するご意見・ご感想をメールでお寄せいただく場合は、comment@gentosha.co.jpまで。